ARIEL-VERLAG

Jaromir Konecny

Fifi
poppt den Elch

Jaromir Konecny, geb. 1956 in Prag, ist einer der Pioniere des deutschen Poetry Slams. Er hat über sechzig dieser populären Dichterwettbewerbe gewonnen und wurde zweimal Vizemeister des gesamtdeutschen Poetry Slams. Konecny ist Mitbegründer der Münchner Lesebühne Schwabinger Schaumschläger im Vereinsheim.
Sein verfilmter Roman „Doktorspiele" sorgte in den Medien für einige Furore und gehörte zu "Die besten 7" von Focus und Deutschlandfunk.

www.jaromir-konecny.de
http://www.facebook.com/
Jaromir.Konecny.Autorenseite

© Eva Kubinska

Umschlagbild: Ernst Kahl

© Ariel-Verlag, 2010
Printed in Germany
4. Auflage
Gegenüber der 1. Auflage wurde die Reihenfolge der Geschichten im Band geändert.
Lektorat: Ralf Schwob
ISBN 978-3-930148-46-2
www.ariel-verlag.de

Inhalt

In der ersten Auflage von „Fifi" hatten wir die brutale Geschichte „Die Bafler" an den Anfang gestellt, weil wir dachten, man müsse mit etwas Anständigem anfangen, mit Mord und Totschlag, mit Sachen also, an die der Leser gewöhnt ist und die er täglich in der Glotze sieht. Erst langsam sollte sich der Leser zum Poppen und den Sachen durcharbeiten, die ein normaler und anständiger Bürger ja gar nicht tut. Da im Internethandel der Anfang des Buches einsehbar ist, haben wir die Reihenfolge wegen der Jugendfreiheit geändert. Sollen doch Kinder und Jugendliche über die Brutalität in der Welt aus gewaltverherrlichenden Werken wie den „Grimmschen Märchen" und den Jugendsendungen im Fernsehen erfahren. Nicht von uns! Deswegen haben wir in der neuen „Fifi"-Auflage die brave und jugendfreundliche Kiffer-Geschichte „Die süße Tüte des Vergessens" an den Anfang gestellt. Klar empfehlen wir „Fifi" erst ab 16. Nach oben wollen wir dagegen keine Grenzen setzen, doch bevor Du, lieber Leser, das Buch als Geschenk für die Oma zu Weihnachten kaufst, solltest Du „Fifi" zuerst selbst lesen und erst dann entscheiden, ob Deine Oma schon so weit ist. Viel Spaß damit!

Für Thomas

Die süße Tüte des Vergessens

„Mann!", sagte Alfons. „Heute hat mich meine Alte wieder verdroschen!" Die Wirtin stellte frische Pilsner Urquell vor uns. Die Biere trugen schöne weiße Mützen und luden unsere Nasen zum Schmusen ein.

„Warum wehrst du dich nicht?", fragte ich.

„Das wäre nicht fair, meint meine Frau!", sagte Alfons. „Ich sei stärker als sie, deswegen dürfe nur sie mich schlagen! Ich will nicht über mein Schicksal jammern, ein Philosoph kann erst am Leiden wachsen. Warum muss ich aber auch beim Biertrinken ständig dran denken, dass auf mich zu Hause eine Furie wartet, die mir das Denken austreiben will? Ich nehme doch Drogen, um zu vergessen, verdammt!"

Die Kneipentür flog auf. Mit wirrem Blick stürmte Pepino herein. Als ob er sich grade aus einem brennenden Haschschober gerettet hätte. Erwartungsvoll blickten wir ihm entgegen. Seit uns Pepino erzählt hatte, wie er mal den Hamster seiner Freundin aus dem 9. Stock eines Plattenbaus mit einem Fallschirm hatte runterspringen lassen, galt er hier in Schamberg als der Mann für andere Wirklichkeiten schlechthin. „Bring mir einen Kaffee!", rief Pepino zur Wirtin und hockte sich zu uns. „Aber schnell. Man wartet auf mich!"

„Was ist denn los?", fragte ich.

„Meine Herren!", sagte Pepino. „Was mir heute passiert ist, das glaubt ihr mir nicht!"

„Da magst du Recht haben!", sagte Alfons.

„Ich hab doch in den Beskiden Gras angebaut", sagte Pepino. „Das Feld liegt schön in den Wäldern versteckt. Die Pflanzen hat mir ein Freund aus Holland gebracht. Für die Ernte hab' ich mir einen Lastwagen ausleihen müssen. Ich fahre also mit 'nem Laster voll Haschballen nach Hause wie der King of the Road aus Marokko. Glücklich, dass alles so sauber über die Bühne gegangen ist, drehe ich mir einen Joint – hab mir schon von der neuen Ernte etwas getrocknet – , zünde den an und … boah, gleich surfe ich ins Paradies, als ob mir in der Birne nackte Weiber tanzen würden! Shit von Gottes Gnaden!" Die Wirtin tänzelte mit dem Kaffee für Pepino heran. „Ich also in einem Lastwagen voll Hanf", erzählte Pepino weiter. „Glücksbrisen jagen durch meine Lungen, und ich lache wie ein Blöder. Doch plötzlich scheiße ich mir fast in die Hose: Ein Bullenauto vor mir. Zwei Bullen winken mich an den Straßenrand. So ein Scheißzufall! Vielleicht bin ich nur high, denke ich mir, und habe Halluzinationen. Ein Hammerstoff, Mann! Zur Sicherheit mach' ich den Joint aber aus, kurbele beide Fenster runter, lüfte und halte an. Und Mann, oh Mann! Die Bullen sind echt! Schon stehen sie an der Fahrertür. Ich lächle sie an, will fragen, ob alles in Ordnung ist, plötzlich fällt mir aber ein, wie die beiden Clowns blöd gucken würden, wenn sie mich blasen lassen, weil ich wie besoffen ausschaue. Das find ich so komisch, dass ich glatt 'nen Lachanfall kriege und vor lauter Lachen fast aus dem Fenster falle. Bekifft wie ein Chinese im Opiumkrieg, in einem Laster, der voll beladen mit Haschballen ist. Na, wenn das mal gut ausgeht …, doch die Bullen lachen auch. ‚Entschuldigung, dass wir Sie belästigen!', sagt der eine, aber unser Keilriemen ist im Eimer. Könnten Sie uns am Seil nach Schamberg schleppen?' ‚Klar!', sag ich. Mann! Ich schleppe die Bullen in die Stadt und bin so glücklich, dass ich mir glatt noch einen bauen muss. Der Stoff ist echt die Rakete, der knallt mir 'ne krasse Amnesie ins Hirn! Ich weiß nichts anders mehr, als dass ich 'nen Laster voll Hanf nach Hause bringen muss, ich werfe 'nen Blick in

10

den Spiegel … und Schock! Mann! Ich werde von Bullen verfolgt! Schon ganz knapp hinter mir sind die. Und ich bekifft wie der Ötzi in einem Auto aus Hanf! ‚Mich kriegt ihr nicht, Arschlöcher!‘, brüll ich und trete voll das Gas durch! Mann, ich schneide mit dem LKW die Kurven wie Niki Lauda, aber die Bullen immer noch hinter mir. Keine Chance die abzuschütteln. Eine Viertelstunde lang rase ich also durch die Serpentinen in den Beskiden, bis ich vor ’ner Bahnschranke anlange. Sie ist runter, das Licht rot. Ach! Was soll’s! Irgendwie geht mir der Stress plötzlich auf den Sack. Soll’n die mich doch in den Knast stecken. Ich fahre an den Rand, steige aus dem Auto und gehe mich ergeben. Und Mann, oh Mann! Erst als ich hinten ankomme, sehe ich, dass ich einen Bullenwagen hinter mir her schleppe. Ja! Scheiße! Ich wurde gar nicht verfolgt! Die Bullen im Auto starren nur vor sich hin, erst fünf Minuten später bekomme ich ein vernünftiges Wort aus ihnen. Die Serpentinen waren ihnen nicht gut bekommen. Verdammt! Vielleicht hab’ ich den mythischen Hasch angebaut, der dich alles Schlechte vergessen lässt. Mich hat der Stoff auf jeden Fall vergessen lassen, dass ich mit einem Laster voll Hanf Bullen zur Bullenstation schleppe.“

„Ich glaube dir kein Wort!“, sagte Alfons. „Ich hab’ dir schon den Blödsinn nicht abgekauft, als du angeblich den Hamster deiner Freundin am Fallschirm hast abspringen lassen. Solchen Shit gibt’s nicht, der dir schlechte Sachen ganz aus dem Kopf radiert!“

„Du machst mich irgendwie nervös mit deiner negativen Lebenseinstellung, Alfons!“, sagte Pepino. „Ich muss mir noch ’ne Tüte drehen.“ Pepino baute sich einen und inhalierte genüsslich. Doch nach kurzer Zeit trieb der Schwaden auch die Wirtin auf den Plan. „Ja, spinnst du?“, kreischte sie. „Mach das sofort aus! Ich möchte

nicht, dass mir hier die Bullen ein und aus gehen!“ Da flog
die Kneipentür noch mal auf, und in die Kneipe kamen
tatsächlich zwei Bullen.

„Scheiße!“, sagte Pepino, haute den Joint unter den Tisch
und versuchte, ihn zu zertreten. „Was machen die Arschlöcher hier? Ich hab’ die Taschen voll Hasch. Vom Laster
draußen gar nicht zu reden!“

Die Bullen marschierten direkt zu uns. „Ja, wie lange
wird’s noch dauern?“, fragte der eine. „Sie wollten doch
nur einen Kaffee trinken und uns dann zur Dienststelle
weiter schleppen.“

„He?“, sagte Pepino. Das Hasch hatte ihm wohl seine
zweite Amnesie am selben Tag beschert.

„Jetzt glaube ich dir!“, sagte Alfons.

„Du schleppst ihr Auto am Seil!“, versuchte ich, Pepino
auf die Sprünge zu helfen.

„Echt?“, fragte er.

„Wir warten draußen!“, sagte der andere Bulle zu Pepino.
Sein Kollege schnupperte an Pepinos Kaffee. „Vielleicht
sollten wir Sie doch blasen lassen!“, sagte er, worauf sich
die beiden Bullen vor Lachen schüttelten, als hätten sie
einen großartigen Witz gerissen.

Als sie weg waren, klärten wir Pepino schnell auf. „Ach,
du Scheiße!“, sagte er. „Was für Shit!“

„Kannst Du mir etwas davon dalassen?“, fragte Alfons.
Pepino schob ihm einen Stoffbeutel zu und brach auf.

„Aber kiffen tust du draußen!“, rief die Wirtin von der
Theke. Alfons erhob sich und bretterte zur Tür. Nach
einer halben Stunde kam er zurück. Bekanntlich dauert
bei den Kiffern alles etwas länger.

„Na?“, fragte ich. „Hast du deine Frau vergessen?“

„He?“, fragte er. „Bin ich verheiratet?“

Guter Stoff eben! Die süße Tüte des Vergessens! Sollte ich
mir auch eine genehmigen? Ach was! Besser trinke ich

weiter mein Bier. Wenn ich alles Schlechte vergessen
würde, wäre das Leben wohl nur halb so lustig, wie es ist.

Männerphantasien

Ein Operationstisch ist keine Entspannungsliege. Trotzdem döste ich darauf. Die zwei Assistenzärzte hatten sich mit großen weißen Kochmützen fesch gemacht. Der Chefarzt trug nur eine Glatze. Heute würde's eine ziemlich unerotische Operation werden, dachte ich mir. Bis die Anästhesistin auftauchte – ein Weib aus deinem Männerpoesiealbum! Eine Hammerfrau! Gott hatte sie in einem Anfall von Geilheit geformt und mit einem Zungenkuss zum Leben erweckt! Aber! Woher kannte ich nur dieses laszive Lächeln, verdammt? Das Lächeln einer Stripperin, bevor sie aus ihrem Tanga schlüpft? Die zwei oberen Knöpfe ihres weißen Kittels trug sie auf jeden Fall schon aufgeknöpft. Sie verpasste mir die Spritze, wartete kurz, beugte sich über mich und spreizte mit ihren langen Fingern meine Augenlider. So bekam ich die volle Ladung aus ihrem Ausschnitt ab. Und eine kleine Erektion dazu! Zum Glück begann gleich die Spritze zu wirken – Kribbeln in meiner Kopfhaut, eine Horde Ameisen jagte mich in den Traumtunnel. Doch noch kurz, bevor ich hineinfiel, kam die Erleuchtung über mich: Miriam! Ja! Die Anästhesistin lächelte wie Miriam. Ich sackte ab.

Miriam hat mich nach einer Lesung in Zürich angesprochen, wo ich zum ersten Mal meine Geschichte „Der gefährlichste Cunnilingus meines Lebens" vorgetragen hatte. „Hast du echt die Möse deiner Freundin geleckt, als du eine Gipsnase getragen hast?", fragte sie mich. Gleich in ihrer ersten Mail schrieb sie mir, wie einmal ihr Ex-Freund an ihrer Wohnungstür im Hochhaus angeklopft hatte. Ganz nackt, nur seinen erigierten Penis hatte er

mit einer bunten Schleife und etwas Grün geschmückt. „Wie einen hübschen Blumenstrauß“, schrieb Miriam. Schon eine Woche später schickte sie mir eine Farbkopie ihrer Möse. Sie habe sich nackt auf einen Farbkopierer gehockt. Schaute echt schnuckelig aus. Hab's mir in der Wohnung an die Wand gehängt. Der Tag der Entscheidung nahte. Ich lud Miriam für ein Wochenende nach Prag ein. Im Hotelzimmer kam sie gleich zur Sache. „Ich gehe mit dir nur ins Bett“, sagte sie, „wenn du wirklich weißt, wo sich die Klitoris befindet. Mein Exfreund hat sie fünf Jahre lang nicht gefunden.“
„Und wo ist die Klitoris?“, fragte ich.
Miriam griff in ihre Tasche und holte eine Figur heraus.
„Was ist das?“, fragte ich.
„Die Möse!“, sagte sie.
„Echt?“, sagte ich.
„Guck!“, sagte sie. „Gleich an der Klitoris kannst du nicht anfangen. Erst wenn ich so weit bin, kannst du die Zunge vorsichtig hier hin stecken, siehst du? – Da! Dann behutsam nach oben fahren und mit der Zungenspitze ums Hügelchen kreisen. Alles klar? Dann los!“
„Was? Und wo ist die Möse?“
„Na, hier!“
„Ich soll das Ding lecken?“
„Klar! Ohne Training geht heutzutage gar nichts, Mensch!“
So musste ich etwa eine halbe Stunde lang für den Echtfall üben. Als sich meine Zunge schon wie ein Stück Holz anfühlte, packte Miriam mich und warf mich aufs Bett. „Du bist so weit!“, sagte sie, und redete dann noch zwei, drei Stunden, das übliche Vorspiel halt. Langsam schlüpften wir jedoch aus den Kleidern, langsam berührten wir uns! „Mann!“, sagte Miriam irgendwann. „Du hast aber Muskeln! Fast wie mein Exfreund, der

Hirngeschädigte! Hoffe, dass Du dabei nicht auch die Internationale singst. Mein Exfreund war nur auf Revolution aus."

„Nö!", sagte ich. „Ich mach' Kung-Fu. Daher die Muskeln!" Ich begann an ihren Möpsen zu nuckeln.

„Fester!", schrie sie. „Ich spüre nix!" Nach einer Stunde Nuckeln schob sie meinen Kopf nach unten. Ich fuhr mit der Zunge langsam ihren Körper hinab, bis ich im Bermuda-Dreieck ankam, wo Schiffe, U-Boote und Flugzeuge verloren gehen. „Und jetzt schauen wir mal", sagte sie, „ob du bei deinem Kung-Fu auch gute Abwehrtechniken gelernt hast!" Sie packte meinen Kopf mit ihren Beinen in die Schere und drückte zu, bis meine Halswirbel knackten. „Sag etwas Schönes!", brüllte sie.

„Ich kann nicht reden, verdammt!", wollte ich zurückbrüllen, doch brachte nur: „If kann nift feden, vefdammt!" heraus. Sie bekam einen Lachkrampf und drückte ihre Schere und lockerte sie und bescherte mir aufgrund des periodischen Sauerstoffmangels Nahtodähnliche Zustände. Ich ließ mich dadurch nicht verunsichern und machte weiter. Immer schneller wellte sie sich, sie schaukelte hin und her, mein Kopf schaukelte mit, gefangen in der Schere, in ihrer Zange, bis sie plötzlich wie ein Wolf aufheulte und mir mit der Ferse von oben in die Wirbelsäule trat, so dass ich kurz ins Koma fiel. Als ich wieder aufwachte, zog sie mich gerade an den Ohren nach oben und lachte mich an, sie küsste und liebkoste mich, zumindest in diesem Moment sah ich, dass sie mich liebte … egal, was danach kommen würde, diesen einen Augenblick Liebe in ihren Augen konnte mir keiner mehr wegnehmen. Mann! Miriam liebte mich! Ich spazierte hinein und machte meine Kunststücke. Boah! Ich fühlte mich wie ein lebender Vibrator! Und so vibrierte ich und vibrierte, ich konnte nicht aufhören zu vibrieren. Ein

Derwisch, eine Primaballerina!

„Super!", kreischte Miriam. „Wie du die Hüften schwingst! Lernt ihr das beim Kung-Fu?"

„He?"

„Sag etwas Schönes!", brüllte sie.

„Ich mag dich!", brüllte ich.

„Noch schöner!"

„Ich mag deine Kastanienaugen!"

„Noch schöner!"

„Ich mag deine Möse, Miriam!"

„Ja!", rief Miriam. „Sag das: Ich mag deine Möse, Miriam! Das macht mich an! Da ist ein Stabreim drin, eine Alliteration! Ich bin Deutschlehrerin!"

Scheiße! Deutschlehrerin? Egal! Ich schwang weiter meine Hüften, als wäre ich eine verdammt flinke Bauchtänzerin, als tanzten wir Salsa, auf einer Insel im Urwald am Amazonas, mit Paradiesvögeln und bunten Blumen. Ja, das Paradiesvögeln – das Vögeln im Paradies! Meine Hüften vibrierten, und ich schrie dabei: „Ich mag deine Möse, Miriam!"

„Lauter!", brüllte sie.

„Ich mag deine Möse, Miriam!", brüllte ich. Bis ich wie ein Schoßhund zu wimmern begann und dann zu brüllen wie ein Löwe, und sie mir ihre Fingernägel in den Rücken schlug und mir Hautfetzen herausriss. Ich wand mich vor Schmerz und kreischte: „Ich liebe dich, Miriam!"

„Liebe muss nicht sein!", sagte sie. „Wir haben hier ja nur eine kleine erotische Freundschaft!"

Boah! Wieder Schmerz! Der Teufel packte mich an den Ohren und haute mich aus dem Bett eines Hotels in Prag – aus dem Paradies – direkt in die Hölle: auf den OP-Tisch eines Münchner Krankenhauses. Meine zerschundene Hand steckte schon dick verpackt in weißer Mullbinde.

„Das haben wir hier noch nie gehabt!", sagte der Chefarzt. „Oder, Miriam?" Er drehte sich zu der Anästhesistin, die ganz rot im Gesicht daneben stand, den weißen Kittel jetzt bis zum Hals zugeknöpft. „Woher wussten Sie, dass Frau Schlütter Miriam heißt?", fragte mich der Chefarzt.

„Die Frau Doktor?", fragte ich. „Heißt sie echt Miriam? ... He? ... Hab ich während der Operation was gesagt?"

„Was gesagt?" Der Chefarzt lachte sich einen ab. „Sie haben hier die ganze Zeit wie ein gestochener Ochse gebrüllt: „Ich mag deine Möse, Miriam! Ich mag deine Möse, Miriam! Die ganze Operation hindurch. Das ganze Krankenhaus hat das mitbekommen!"

Noch beim Heimgehen trommelte der Ohrwurm auf mein Hirn: „Ich mag deine Möse, Miriam!" Und im Krankenhausflur fand ich auch die Lösung des Rätsels, und zwar auf einem Türschildchen: „Dr. Miriam Schlütter, Ärztin für Anästhesie." Hier war ich heute früh auf dem Weg in die Chirurgie vorbeigelaufen. Mann, oh Mann! Miriam! Nur ein weiblicher Vorname! Und gleich meißelte er eine irre Assoziationskette zusammen, an der ich mich während der Operation direkt an die Tür zum Männerparadies anketten konnte. Ich war echt stolz auf mich! Ob es die echte Miriam je gegeben hatte in meinem Leben? Ist doch egal! Jetzt – nach diesem Wochenende mit ihr in Prag – wird mir sie keiner mehr wegnehmen können. Ich mag deine Möse, Miriam! Und solltest du auch nur eine bescheuerte Männerphantasie gewesen sein!

Das Haar in der Suppe der Liebe

Wenn ein Mann sich in eine Frau verliebt, sollte er – den Verführungsgurus nach – nicht gleich mit ihr ins Bett hüpfen wollen. Ich hab' mich in Lucia echt platonisch verknallt. Trotzdem bekam ich einen Ständer, wenn Lucia nur ihre Brille abnahm! Nach dem Rat der Verführungskünstler musste ich Lucia aber zeigen, dass ich mit ihr nicht vögeln, sondern auf Wolke Sieben schweben möchte. Hier sind sich die perfekten Verführer alle einig: Der wichtigste Schritt mit einer Frau auf dem Weg ins Bett ist, die Frau zu überzeugen, dass der Weg ganz anderswohin führt.

Lucia lebte in München, stammte aber aus Thüringen und fuhr auf Gothic Metal, Vampire und Mittelalter ab. „Burgen törnen mich total an!", sagte sie. Klar verstand ich unter „Antörnen" ihre Lust, auf Mittelaltermärkten rumzutoben, die deutsche Mittelalternative eben, die neue deutsche Romantik, die Sehnsucht, eine keusche Magd zu spielen, oder eine Gothic-Geschichte zu erleben, die Freundin eines Vampirs zu werden zum Beispiel, sich ein bisschen an der Halsschlagader rumlecken zu lassen und zu zittern, was da noch kommen würde, irgendwelche anständigen romantischen Sachen halt – kein Rumficken oder so was. Dementsprechend wollte ich Lucia zuerst romantisch umgarnen, ihr Gothic-Gemüt mit Gedichten und Liebesbeweisen betören, und den Drachen nicht gleich aus seiner Höhle lassen. Erst wenn sie mich auch liebte, würde ich mit meiner Lanze durchs Burgtor marschieren. Wir haben uns aber nicht mal ein paar Tage gekannt, und schon hat Lucia vorgeschlagen, zusammen ein August-Wochenende in Burghausen zu verbringen. In München hatte sich Lucia bis auf ihr schwarzes Outfit ganz gesittet gegeben, eine kleine Vegetarierin, nicht einmal Weißwurst aß sie, obwohl Weißwurst dank der vielen Petersilie darin nahezu vegetarisch ist. Auch Alkohol verschmähte sie. Doch in Burghausen fuhr ihr der Teufel in die Knochen und kurbelte ihren Hormonzyklus an. Schon beim Mittagessen nach unserer Ankunft bestellte sie eine halbe Ente und Erdinger Weißbier und erzählte mir einen unflätigen Witz mit vielen Geschlechtsorganen darin. Und da hatten wir die Burg nur aus der Entfernung gesehen. Erst nach dem Einchecken in unsere Pension wollten wir hinauf!

Auch die Pension gab sich ganz mittelalterlich – lecker wie das Lebkuchenhaus. Unterm Bett in unserem Doppelzimmer stand sogar ein Nachttopf. Lucia war hingerissen. Sie trällerte „Over the Hills and Far Away" von Nightwish und tänzelte herum. Ich ließ sie tanzen und singen und schlüpfte schnell unter die Dusche. Als ich oben ohne, nur mit meinen Bermuda-Shorts bekleidet, herauskam, begrüßte mich Lucia mit einem bewundernden „ooooh!" Sie tänzelte auf mich zu und packte meine linke Brust. Echt hardcore die Frau! „Du hast hier so schön glatte Haut!", sagte sie. „Rasierst du dich an der Brust?"

„Es ist bös raufen, wo kein Haar ist", antwortete ich mit einem alten deutschen Sprichwort. Back to the roots! Das mögen die Mittelalter-Mädels. „Bei mir ist an der Brust noch nichts gewachsen", sagte ich. „Nur an der rechten Brustwarze wächst mir so 'n einziges langes Haar, aber das hab' ich grade letzte Woche wieder mal rausgerissen. Vielleicht kommt da noch was!

„Ich mag Haare nur am Kopf!", sagte Lucia. „Haare am Körper find ich eklig!" Und gleich haute sie auch ein deutsches Sprichwort in die Runde: „Man muss Haare scheren, wo sie sind!", sagte sie und wartete lächelnd, was von mir kommen würde.

„Auch ein Haar hat seinen Schatten!", sagte ich.

„Ich versteh' mich mit dir super!", sagte Lucia. „Scheiß auf die Burg!" Sie schlüpfte aus ihrer schwarzen Gothic-Kluft. Drunter trug sie ein dunkelviolettes Höschen – das aber nicht mehr mittelalterlich oder gothicmäßig aussah, sondern wie aus einer Beate-Uhse-Kollektion. Die Beine und den Schritt glatt rasiert, als wollte sie für Dieter Bohlen casten. Oben war sie auch ohne! Ohne Haar und ohne BH. „Rasierst du dich auch an der Brust?", fragte ich, um die Konversation in Gang zu halten.

„Hihihi!", kicherte Lucia. „Komm schon!", sagte sie und hüpfte ins Bett.

Da fiel mir noch ein deutsches Sprichwort ein. „Kurzes Haar ist bald gebürstet!", sagte ich und schickte mich an, aus meinen Boxershorts zu steigen. Doch plötzlich erreichte mich Lucias Haarhass in seiner vollen Bedeutung. Scheiße! Findet sie Haare am Körper echt eklig? Und was jetzt, he? Ich hatte den Sack voll davon! Mich da unten zu rasieren, ist mir noch nie in den Sinn gekommen. Klar sehe ich in der Sauna hin und wieder Männer, die glatt wie Wiener Würstel rumlaufen. Doch ich komme vom Land! Bei uns im Dorf hatte man noch nicht so abgeholzt, wie's heutzutage die Sitte ist. Bei uns war noch Natur angesagt! Wenn in unserem Fußballverein unter der Dusche ein Spieler mit rasiertem Pimmel auftauchte, wusste jeder, dass er damit seine Filzläuse bekriegen wollte. Klar haben wir heutzutage eine Design- und Plastikkultur. Die Hippies der Zukunft werden wohl langes Schamhaar tragen, um gegen diese Gesellschaft zu revoltieren. Sogar ganz vernünftige Frauen haben heutzutage unten 'ne Glatze, oder wenn schon, dann ein gepflegtes Schnurbärtchen. Schnipseln wohl jeden Tag dran rum. Noch ein paar Jahre und dann gibt's auch Schamhaarfriseure. Mit

Haarfärbung und Dauerwelle im Angebot! Ein Freund hat sich 'ne Rasiermaschine gekauft und fährt jeden Morgen über den Sack damit. Echt! Jeden Morgen! Ein Dreitagebart am Sack wirke nicht besonders erotisch, meint er. Was nun also? Konnte ich Lucia den Affen zeigen? Wo sie so auf haarlos stand!

„Ich muss mir noch die Fingernägel stutzen!", rief ich und hopp, hopp, zurück ins Badezimmer. Zum Glück hatte ich mein Rasiermesser dabei. Holzfällen! Ich spritzte mir den Rasierschaum um den Pimmel herum, so dass er wie 'n Sahne-Bommel ausschaute. Vorsichtig fuhr ich mit dem Messer drüber. Und fertig! Aber! ... Verdammt! Direkt am Sack sind noch Haare geblieben, hatte gar nicht gemerkt, dass die jetzt auch dort wuchsen. Konnte ich so bei Lucia auftauchen? Mit frisch rasiertem Unterleib, mit 'nem Sack aber, der so ausschaute wie der Kopf von Yoda, dem Jedi-Ritter-Lehrer von Luke Skywalker? Ich schäumte meine Sackhaut ein. Doch die ist irgendwie nicht so geeignet zum Rasieren, ein echter Krabbelteppich, ein gepflügtes Kartoffelfeld, eine Hochdruckplatte, zumal ganz unter Schaum verdeckt. In die Linke packe ich also meinen Pimmel und ziehe ihn hoch, um den Weg frei zu machen, die Rechte mit dem Rasiermesser geht den Sack an: „Auuutsch!" Scheiße! Wo bin ich da hinein gefahren? Aus dem Schaum spritzt Blut. Mit dem Messer in meiner zittrigen Hand versuche ich den Schaum auf die Seite zu schieben – wie beim Schneeräumen –, um die Wunde genau zu inspizieren, und verpasse mir einen zweiten Schnitt! „Ouweia!" Ich blute wie ein Schwein! Himbeersoße sickert durch das Sahnetörtchen! Ich wusch den Schaum weg und goss mir Rasierwasser auf den Sack – Aaaaah! –, doch die Wunden bluteten und bluteten. Was nun? Kein Pflaster in meiner Kosmetiktasche! Nur eine Spule Mullbinde, mit der ich hin und wieder beim Joggen mein schmerzendes Knie verband. Ich wickelte meinen Sack dick in die Mullbinde. Schaute echt beschissen aus. Konnte ich Lucia so 'nen fett verknoteten Sack zeigen?

Eine andere Strategie musste her! Ich schlüpfte wieder in meine Boxershorts, lief aus dem Badezimmer und haute mich neben's Bett auf die Knie. Die halbnackte Lucia lächelte mich an. Ich packte ihre Hand. „Ich möchte mit dir echte Liebe erleben!", brüllte ich. „So wie's damals im Mittelalter war. Ich möchte dich wie ein Ritter erobern! Wie ein Ritter die Prinzessin! Wir könnten dir auch einen Keuschheitsgürtel kaufen! Erst wenn dein Herz ganz für mich entflammt, entführe ich dich aus deiner Burg! Ha!"

„Und bis dahin kein Sex?", fragte Lucia.

„Ja!", rief ich. „Mindestens zwei Wochen kein Sex. Bis die Wunden verheilt sind!"

„Welche Wunden denn?"

„Die Wunden an meiner Seele!"

„Ja!", rief sie. „Ich habe auch Wunden!" Sie schlüpfte wieder in ihr Kleid. Klar tat mir der Blödsinn auch gleich leid. Hätte vielleicht doch lieber sagen sollen: Du, ich hab mich ein bisschen am Sack geschnitten. Guck mal! Vielleicht hätte es sie sogar angetörnt – wenn sie schon so auf Vampire stand. Zum Glück war die anschließende Burgwanderung echt schön. Leider verknallte sich Lucia zwei Wochen später in einen echten Vampir, der gerade die Münchner Fußgängerzone unsicher machte. Eins ist auf jeden Fall klar: Wenn der Mann vor der Frau damit angibt, nicht gleich vögeln zu wollen, weil er sie zu allererst ganz platonisch liebe, hat er meist einen sehr profanen Grund dafür. Zum Beispiel ein paar Schnittwunden am Sack. Oder die Tipps der Verführungsgurus. Von denen lasse ich mir aber nichts mehr sagen. Hätte ich damals in Burghausen mit Lucia gevögelt, wäre mir ein bisschen mehr Erinnerung an sie im Kopf geblieben als jetzt. An schaumloses Bier erinnerst du dich doch auch nicht gern, oder? Und Liebe ohne Sex ist eben wie Bier ohne Schaum! Egal was die Gurus sagen!

Die Bafler oder wie ich Schriftsteller wurde

„Bafler" sind nach meinem genialen Landsmann Bohumil Hrabal Leute, „gegen die unaufhörlich ein Ozean zudringlicher Gedanken anbrandet." Aus diesem Ansturm an Gedanken rettet sich der Bafler durch das Bafeln – einen Rederausch ohne Gleichen, in dem er maßlos übertreibt, vergrößert, verschiebt und verkehrt. „Der Bafler sieht die Wirklichkeit durch das diamantene Auge seiner Phantasie", schrieb Bohumil Hrabal: „Ich bin ein durch Lachen entbluteter Stier, dem jemand das Gehirn wie ein Eis auslöffelt."
Karin mag keine Leute, die die Wirklichkeit verdrehen. Übertreibungen lehnt sie ab. Wenn ich sage: „Vom Himmel fielen Hunderte von Sternschnuppen herunter", sagt sie: „Also drei." Obwohl ganzheitlich ist Karin ein Glückskind der westlichen Leistungsgesellschaft – im High-Tech-Land Bayern geboren. Für Karin ist Reden Silber und Schweigen ist Gold. Man redet, um wichtige Informationen auszutauschen: Welche Arten von Schutzengeln es gibt, welche homöopathische Potenz die beste Wirkung entfaltet … „Oder wenn du etwas verkaufen willst!", sagt Karin. Der Bafel ist für sie minderwertige Ware, wertloses Geschwätz. Doch im tschechischen Original des Wortes „Bafeln" – „Pábení" – schwingt das Locken des Fasans mit, wenn er sich mit seiner prächtigen Feder vor dem Weibchen produziert und damit gesunde Gene und Zeugungskraft vortäuscht. Beim Bafeln will ich Karin keine blöde Versicherung verkaufen, keinen Staubsauger, beim Bafeln will ich ihr eine ganze Welt andrehen – ein Sonnensystem, in dessen Mittelpunkt ich selbst stehe. Und sei es, als der verlogene und aufgeblasene Betrüger von einem Fasan! Statt aber

ein Lächeln ins Gesicht zaubern meine entarteten Monologe Karin Kopfschmerzen herbei: „Kannst du nicht einfach nur das Maul halten, verdammt?", brüllte sie einmal am Frühstückstisch. „Dieses Gelaber kann kein Mensch ertragen!"

„Hier im Westen ist doch die Meinungsvielfalt gefragt", sagte ich. „Wo sollte man sonst reden, wenn nicht in einer pluralistischen Gesellschaft, he? Ich bin Tscheche! Im Sozialismus bildete jedes eigene Wort ein Glied einer Kette, an der du dich aus der Wirklichkeit herausziehen konntest. Das Erzählen von Geschichten habe ich von meiner Mutter geerbt. Für meine Mutter war jede Pause im Gespräch eine Herausforderung! Gleich sprang sie in die Lücke mit einer Geschichte hinein und redete sich ihren Hormonzyklus vom Leibe. Wegen des Redens musste ihr mein Vater an unserem Haus in Mähren eine Terrasse bauen. Wenn Mutter beim Kochen durchs Fenster eine Nachbarin vorbeigehen sah, jagte sie auf die Terrasse und laberte die arme Frau voll. Im Winter wateten die Nachbarinnen durch die Schneewehen am Wald hinter unserer Straße in die Stadt, um nicht an unserem Haus vorbeigehen zu müssen."

„Ich muss auch gleich weg!", sagte Karin und wand sich bei meinem Monolog, blass wie die weiße Frau von Wolfsegg wurde sie, massierte sich die Schläfen, um Migräne vorzutäuschen, doch ich musste reden, verdammt, meine Mutter stand plötzlich mittendrin im Fluss meiner Gedanken wie eine hungrige Anglerin, und so drosch ich auf Karin mit dem Ochsenziemer meiner Worte unerbittlich weiter:

„Mit sechzehn habe ich für zehn Bier mein erstes Motorrad gekauft. Vom Todesfahrer Bocek. Ich wollte der Held im Dorf sein, der Champion! Da würden die Mädels glotzen, wenn ich wie der Motocross-Rennfahrer Bocek

über die Hügel hinter der Heiliger-Johann-Kapelle raste und hopp, hopp über die Mulden. Zuerst musste ich aber den müden Jawa-50-Mustang zu einer Motocross-Höllen-Maschine frisieren. Ich machte mich ans Werk, und schon trippelte meine Mutter in den Hof: ‚Wo hast du den Mustang geklaut?‘, brüllte sie. Ich montierte gerade das unnötige Blech vom Motorrad herunter, den ganzen Schnick-Schnack, der das Motorrad fett und träge macht. ‚Du hast doch keinen Führerschein!‘, kreischte sie weiter. ‚Und das Motorradfahren ist sowieso gefährlich. Wegen eines Motorradfahrers muss der alte Vondra aus Krmelin ins Gefängnis. Gerade letzte Woche hat er auf seinem Laster eine Ladung großer Blechplatten gefahren, als von hinten ein Motorrad angerast kam. Es war windig, und der Laster hat keine gute Federung und ruckelte und rüttelte und plötzlich flog eine der Blechplatten vom Laster hinunter … ach was, flog! Das Blech segelte wie ein Rochen im Meer, wie wir ihn unlängst in diesem Unter-wasserfilm im Fernsehen gesehen haben – *Aus Meeres-tiefen* heißt die Sendung, weißt du, Jarek, diese Unter-wasserfilme sind …‘
‚Und was war mit dem Blech, Mama?‘, fragte ich.
‚Das Blech segelte nach unten und schnitt dem Motor-radfahrer sauber den Kopf ab. Samt seinem Helm! Das haben später die Feldarbeiter berichtet, die neben der Straße Kohlrüben geerntet haben. Als du klein warst, sind wir zusammen öfter zu einem Kohlrübenfeld …‘
‚Du wolltest über den Motorradfahrer erzählen?‘, sagte ich und fing an, den Auspuff abzumontieren. Das Mo-torrad glitzerte schon in der Sonne wie ein hübsches Skelett. Noch ein paar Schrauben und dann durfte ich den Homunkulus zum Leben erwecken. Wrrrr, brumm!
‚Na, der Motorradfahrer fuhr halt ohne Kopf weiter!‘, sagte Mutter. ‚Der Kopf war auf den Boden geflogen, weil

er aber noch im Helm steckte, konnte er springen wie ein Gummiball, machte also drei große Sprünge auf dem Asphalt, pong, pong, pong, wie beim Tischtennisspielen, nur mit einem großen Ball … und in einem viel größeren Bogen sprang der Kopf in dem Motorradhelm: pong … Mai, die Chinesen, die haben so gute Ping-Pong-Spieler …'

,Und der Kopf?'
,Ja, und dann hüpfte der Kopf von der Asphaltstraße aufs Feld und blieb dort liegen, doch die Feldarbeiter konnten ihn nicht finden, weil der hellgrüne Helm von den Kohlrüben nicht zu unterscheiden war. Wie die Verrückten suchten sie zwischen den Rüben nach dem Kopf im Helm, drehten an den Rüben herum, um zu sehen, ob sie festgewachsen waren, und glaubten langsam nicht mehr, was sie gesehen hatten.'
Der Auspuff war abgebaut, ich hockte mich auf die Bank, zündete mir eine Zigarette an, weil das durfte ich damals mit sechzehn, damals galt das Rauchen noch als gesund, damals gab's keine Rauchverbote. Ich hörte Mutter zu.
,Der Motorradfahrer aber, als er den Kopf verloren hatte, gab vor lauter Schock Gas und überholte noch den Lastwagen des alten Vondra. Vondra hatte das mit dem Blech gar nicht mitgekriegt, wusste nicht, dass er gerade den Henker gespielt hatte, fährt also ruhig weiter, und plötzlich überholt ihn ein Motorradfahrer ohne Kopf, wie der kopflose Ritter von der Gruselbahn, mit der wir bei Matthiaskirmes in Prag gefahren sind. Die Straße war leer und gerade, als führe sie direkt in den Himmel, und Vondra sah, wie der Kopflose auf seinem Motorrad vorwärts gen Horizont raste.'
Inzwischen hatte sich Mutter in Rage geredet, und je mehr ihr Monolog rauschte, umso roter wurde ihr Faden, bis der Faden knallrot war. Mit Lust spulte ihn Mutter ab

und bafelte wie Bohumil Hrabals Onkel Pepin: ‚Der alte Vondra musste gleich ins Dorf abbiegen, konnte dem Kopflosen nicht nachfahren, statt aber die Bleche in die Kolchose zu bringen, stürmte er die Dorfkneipe und trank mit einigen Stammgästen schnell vier große Schnäpse hintereinander und verdünnte sie mit Bier. Und dann aßen sie alle Gulasch, und beim Essen hat Vondra den Stammgästen endlich die grausige Geschichte erzählt, und als er erwähnte, dass aus dem Halsstumpf des kopflosen Motorradfahrers beim Überholen des Lastwagens Blut spritzte, wie aus einem Springbrunnen spritzte das Blut, wurde allen Stammgästen am Tisch schlecht, vielleicht von dem Blut, aber ich glaube, auch der Schnaps trug Schuld daran, allen Stammgästen wurde also schlecht beim Gulaschessen, und sie fingen zu würgen an, aber zierten sich vor den anderen, so in der Öffentlichkeit, und so bliesen sich ihre Backen auf wie Luftballons, als sie versuchten, das Gulasch und die Schnäpse im Körper zurückzuhalten, bis der alte Vondra so aufgeblasen war, dass zwischen seinen Zähnen ein dünnes Strählchen ins Gesicht seines Gegenübers spritzte, und dann waren auch die anderen so weit und kotzten sich die Gulaschteller voll. Und als sich der alte Vondra ausgekotzt hatte, kam die Polizei und nahm ihn fest, weil er mit seinem schlecht befestigten Blech einen Motorradfahrer geköpft hatte. Und die Stammgäste nahm die Polizei auch gleich mit, weil sie am Vormittag nicht in der Kneipe herumkotzen, sondern in der Kolchose arbeiten sollten. Und jetzt muss ich einen Sliwowitz trinken‘, sagte meine Mutter, ‚weil mir von der Geschichte auch ganz schlecht geworden ist.‘ Mutter ging ihren Schnaps trinken, und ich schob das frisierte Motorrad in den Keller. Irgendwie hatte ich die Lust verloren, ein Motorrad zu fahren.“

Bumm! Die Wohnungstür flog zu. Ich hielt inne in meinem Monolog, wachte aus meiner Erinnerung auf und sah, dass Karin schon längst die Küche und jetzt sogar die Wohnung verlassen hatte, und ich statt zu ihr zum Apostel Bartholomäus geredet habe, der bei Nervenkrankheiten hilft und dessen Bild Karin schon vor Jahren an die Küchenwand gehängt hatte, nachdem sie mich etwas besser kannte. Weil ich aber jeden Sonntag meine böhmische Kartoffelsuppe koche, ist der Apostel Bartholomäus schon arg von der Suppe bespritzt und schaut aus, als hätten ihn Fliegen vollgeschissen, und das erinnerte mich plötzlich an das vollgeschissene Bild des Kaisers Franz Josef bei Jaroslav Haseks gutem Soldaten Schwejk. Karin war also weg, doch die Geschichte wilderte weiter in meinem Kopf rum, ließ mir keine Ruhe, ich musste sie noch mal loswerden und dann noch mal, wenn ich sie vielleicht irgendwann vorlesen dürfte. Ich hockte mich an den Rechner und schrieb die Story über meine verstorbene Mutter und den kopflosen Ritter der Moderne, damit sie beide von mir eine Geschichte als Grabstein bekamen.

So bin ich nun mal Schriftsteller geworden. Sollte mir Karin aber doch irgendwann wieder zuhören, mache ich Schluss mit der verdammten Schriftstellerei. Das schwöre ich! In einer Sache werden wir uns aber wohl nie einig: Schweigen ist nicht Gold – Schweigen ist brutal! Und manchmal sogar Massenmord!

Fifi poppt den Elch
Für Reinhard Heßlöhl

Jana konnte die besten Eigenschaften in einem Mann zum Leben erwecken. Und die schlimmsten! Schön und rein, doch mit einem Körper, der dich zu solch sündigen Gedanken verführte, dass dir nach einer Begegnung mit ihr nur Gebet und Buße übrig blieben! Noch Wochen nach Jana fluchte ich nicht, aß kein Fleisch, trank kein Bier und verzichtete weitgehend auf Tätigkeiten, die zu einer Ejakulation führten. Erstaunlicherweise wusste Jana nichts von ihrer teuflischen Mischung aus Unschuld und Sexappeal. Ausgerechnet in der Wohnung dieser Frau trafen wir uns, um eine Poetry-Show-Reihe zu planen: Jana, Janas Chef Klaus, der Leiter des Kieler Kulturbüros „Poesie gegen Hunger" und Anonymer Alkoholiker, die Spermienschleuder Gigi Taifun, der in seinem zivilen Leben ein begnadeter Performance Poet war, und ich.
Klaus holte uns in Kiel am Bahnhof ab und fuhr uns zu Jana. In einem schneeweißen Kostümkleid machte sie uns auf, ätherisch strahlend, oh Gott! Ich versuchte mit aller Kraft, nicht ihre nackten Beine unter dem weißen Minirock zu beglotzen, und das war eine große Herausforderung für mich, weil um sie herum ein kleiner Schoßhund hüpfte. „Willst du Fifi nicht streicheln?", fragte mich Jana. „Er hat sich auf euch so gefreut!" Ich ging in die Hocke und versuchte mir zwischen Janas nackten Beinen Fifi zu schnappen – die Hölle!
Während der folgenden Besprechung fiel uns gar nichts ein. Wie kannst du auch als Mann im Haus dieser sexy Unschuld denken? Wir nippten nur an unserem Kaffee und überlegten, wie wir hier heil wieder rauskommen

würden. „Heute ist es aber heiß!“, sagte Jana und zog sich ihre Kostümjacke aus. Drunter trug sie eine weiße Bluse mit einem teuflischen Dekolleté. Obwohl ich seit zwanzig Jahren nicht süße, haute ich sechs Würfel Zucker in meinen Kaffee. Wenn Jana an ihrem schneeweißen Rock oder der Bluse zumindest ein kleines Fleckchen hätte, einen Kaffeekleckser, der ihre Unschuld etwas entzaubern würde, aber nichts, verdammt noch mal, da war gar nichts, kein Körnchen Staub, nur der schwanenweiße Stoff und die nackten Beine und Brüste der Jungfrau in Vollendung! Rein, schön und sexy!
Und plötzlich ein Riesenradau hinter dem Sofa. „Wrrr, wrr, wow!“ Wir schraken aus unseren sündigen Gedanken auf! „Was ist da los?“
„Ach“, sagte Jana und kicherte. „Fifi poppt den Elch!“ Sie bückte sich hinter das Sofa, streckte uns ihren Po in dem weißen Minirock entgegen, oh Gott, und zog ein Stofftier ans Licht. Ein Elch! Und gleich darauf lief Fifi aus seiner Lustgrotte hinter dem Sofa heraus und hüpfte hoch zu dem Stofftier, das die sexy Jungfrau wie ein Stück Wurst über seine Schnauze hielt. Sie warf den Elch auf den Boden, Fifi stürzte sich auf das Stofftier und setzte seine Vergewaltigung fort. Von wegen: „Fifi poppt den Elch!“ Der Schoßhund rammelte das Stofftier, bis Fetzen durch die Luft flogen. Der Elch war von Fifis Ausschweifungen schon arg ramponiert und mit weißen Flecken bedeckt.
„Du ungezogener Kerl, du!“, sagte die Herrin. „Warum nur musst du ständig den Elch poppen?“ Klar wussten Klaus, Gigi und ich die Antwort. Danach fragte uns Jana aber nicht. „Wie wollt ihr also die Auftritte durchführen?“, fragte sie stattdessen, doch wir starrten weiter den glücklichen Fifi und den unglücklichen Elch an. Erst Gigi riss uns mit einem lauten „Autsch“ aus dem Bann der Peep-Show. Er hatte vergessen, aus seiner Kaffee-

tasse den Löffel rauszunehmen und sich beim Trinken fast das Auge ausgestochen. Inzwischen besorgte es Fifi dem Elch echt brutal und bellte und quiekte, so dass keine Beratung mehr möglich war. Uns war die Kultur langsam sowieso scheißegal.

Jana stand wieder auf, kniete sich zu Fifi hin und rollte ihn auf den Rücken. „Na, was machen wir denn heute für Sachen, du kleiner Schmusikuschel, du?" Sie kraulte Fifi ordentlich am Bauch durch. „Und was haben wir denn da?" Sie holte vom Tisch eine Packung Tempos und tupfte Fifi den Pimmel ab, dass er vor Freude aufjaulte. Und das war auch der Augenblick, in dem wir drei wie ein Mann aufsprangen und die Wohnung fluchtartig verließen. Von dieser Folter konnte uns nicht einmal Poesie befreien. Also tauschten wir die Wohnung der sexy Jungfrau gegen eine etwas heruntergekommene Kieler Pilsstube – den Reißwolf der Männerträume. Der Anonyme Alkoholiker Klaus baute einen kleinen Absturz, bei dem Gigi und ich ihm kräftig geholfen haben. So hat am Ende dann doch jeder sein Glück gefunden: Die Männer den Suff, Jana ihren Fifi, Fifi seinen Elch … nur der Elch stand ganz am Ende der Nahrungskette und hatte nun mal die Schnauze zu halten. Zum Glück war er nur ein weiß beflecktes Stofftier.

Karin, das Beutetier und das Wesen des Kapitalismus

„Kannst du mir lange Unterhosen kaufen?", fragte ich Karin im Winter.

„Kauf sie dir doch selbst!", sagte Karin.

Verdammt! Wenn deine Frau keine lange Unterhose mehr für dich kaufen will, hat sie den letzten Rest Achtung vor dir verloren. Nach Jahren der Behäbigkeit musste ich mich wieder in den Dschungel des Unterhosenkleinhandels stürzen. Das wollte ich eigentlich für immer vermeiden. Und jetzt mit fünfzig erst recht. Lange Unterhosen tragen doch nur Rentner! Wenn du dir solche Opa-Unterwäsche kaufen willst, grinsen die jungen Verkäuferinnen nur. Zum Glück war die Anschaffung langer Unterhosen von meiner Mutter auf Karin übergegangen. Die zehn Jahre zwischen Mutter und Karin hab' ich nur gesoffen, da war mir warm genug. Doch jetzt wollte Karin anscheinend wieder mal meine Fähigkeiten und somit unsere Ehe testen.

„Haben Sie lange Unterhosen?", flüsterte ich in der Herrenwäscheabteilung bei Kaufhof einer bildhübschen Verkäuferin zu.

„Was wollen Sie?", brüllte die Tante. „Lange Unterhosen?" Etwa zehn weibliche Kunden an der Kasse drehten sich zu uns um.

„Lange Unterhosen!", sagte ich leise. „Aber schwarz, damit ich nicht wie mein Opa ausschaue."

„Schwarze Unterhosen habe ich nicht!", brüllte sie wieder. „Nur weiße Unterhosen! Sehr schick!" Sie hielt mir eine weiße Feinripp-Unterhose entgegen, die vielleicht im Dritten Reich „schick" gewesen war. „Die ist von Schiesser!", sagte sie. „Super Qualität! Die tragen Sie noch im Grab! Hi, hi, hi!" Sie reichte mir die Packung mit meiner Größe. Boah! Achtundzwanzig Euro? Lang, weiß und Feinripp! Hammer Abtörner! Wenn dich eine Frau in dieser Unterhose erblickt, bekommt sie sofort Angst, dass du ihr im Bett abkratzt. Aber die Verkäuferin hatte sich echt viel Mühe gegeben … ich zahlte und trottete nach Hause.

„Schau!" sagte ich zu Karin. „Diese Unterhose ist von Schiesser! Die werde ich noch im Grab tragen!"

„Du wolltest doch eine schwarze kaufen!", sagte Karin und zog die Unterhose aus der Packung. „Weiß und Feinripp? Hast du die bei der Caritas bekommen? Hehehe!" Sie breitete die Hose aus. „Und was ist das?" Die Hose war mit Blut befleckt, als hätte ich darin Ochsen geschlachtet. „Die musst du zurückgeben!", sagte sie.

„Das kann man doch waschen", sagte ich. „Was soll ich der Verkäuferin im Kaufhof sagen? Dass sie mir eine blutige Unterhose verkauft hat? Die ist sowieso taub!"

„Du bist ein echtes Beutetier!", sagte Karin.

Das stimmte leider irgendwie. Das Aufwachsen im Sozialismus hatte mich zur leichten Beute für jeden Kapitalisten gemacht. Im Sozialismus musstest du halt nehmen, was es gab, das Maul halten und dankbar sein. Dieses Verhalten ist im Kapitalismus tödlich! In einem Geschäft ziehe ich sofort die Blicke aller Verkäufer auf mich. Mir kann man jeden Scheißdreck andrehen, ich bringe nie was zurück.

Um Karin wieder milde zu stimmen, hatte ich ihr fünf Packungen Philadelphia gekauft. Die Doppelrahmstufe von Philadelphia ist Karins Lieblingsspeise! Leider hatte ich aus Versehen die entrahmte Variante „So leicht" mit 5 % Fett erwischt. Hatte gar nicht gewusst, dass man den Käse noch schwuler machen konnte, als er schon war. So hatte ich's in unserer Kiste definitiv verschissen. Karin stellte endgültig fest, dass sie einen Versager und ein

Beutetier geheiratet hatte. Was nun?

Einige Wochen später fuhr mich Professor Geishauser nach Prag. Leider waren auf der Autobahn hinter Pilsen zwei Lastwagen zusammengestoßen. Stunden im Stau! Plötzlich scherten die vor uns wartenden Autos zur Seite aus und machten in der Mitte eine Fahrspur für einen Abschleppwagen frei, der von hinten anrückte. „Da kommen wir raus!", sagte Professor Geishauser, drehte um und flitzte in der frei gewordenen Spur zwischen den stehenden Autos gegen die Fahrtrichtung zurück.

„Stopp!", kreischte ich. „Das darf man nicht!" Doch der Geisterfahrer Geishauser lächelte nur vor sich hin und bretterte weiter. Lastwagenfahrer groß und fett wie Gorillas drohten uns mit Fäusten und hauten uns Beschimpfungen gegen die Windschutzscheibe. Mann! Die hätten uns echt gelyncht, wenn wir nicht so schnell gewesen wären.

„Wenn dir jemand droht, musst du ihm freundlich zuwinken!", sagte Professor Geishauser, steuerte mit der Linken das Lenkrad und winkte mit der Rechten freundlich den wütenden Lastwagenfahrern zu. Scheiße! Würden wir an der Autobahnsperre im Knast landen? Doch als wir an dieser anlangten, gab's dort keine Polizei. Ein Straßenarbeiter schob einen rotweiß gestreiften Plastikkegel zur Seite und winkte uns hinaus auf die Ausfahrt.

„Du bist echt cool, Mann!", sagte ich nach der Geistertour.

„Ich bin halt manchmal ein Raubtier", sagte Professor Geishauser und lächelte mich an. Und da wurde mir plötzlich alles klar! Karin kam aus Niederbayern. Genauso wie Professor Geishauser! Auch ich musste ein Raubtier werden! Damit Karin vor mir wieder etwas Achtung bekommen würde. Und los ging's mit dem Autogenen Training: „Ich bin ein Raubtier, ich bin ein Raubtier! ...“, murmelte ich zwei Tage lang vor mich hin, bis Karin und die Jungs besorgte Blicke tauschten. Egal! Ich war ein Raubtier, und damit basta! Schon am zweiten Tag sprühte ich vor lauter Testosteron. Am Abend machte ich dreißig Liegestütze, schmiss die Familie aus dem Wohnzimmer, köpfte ein Pilsner Urquell und glotzte Fußball! Gleich in der Früh wollte Karin den Kindern im Kaufhof Sportschuhe kaufen. „Komm' mal kurz mit!“, sagte ich ihr in der Herrenwäscheabteilung. Meine Verkäuferin, die mir die blutige Unterhose angedreht hatte, bediente an der Kasse. Fünf Frauen mit Männerunterwäsche in der Hand standen dort an. Ich schob die Weiber beiseite. „Was machst du da?“, fragte Karin und wollte mich wegzerren. Ich holte die blutige Unterhose aus dem Rucksack und breitete sie auf der Kauftheke aus. „Geben Sie mir eine saubere Unterhose!“, brüllte ich. „Aber dalli! Und schwarz!“ Ich fühlte mich wie ein Säbelzahntiger, wie Tyrannosaurus Rex, wie Arnie Schwarzenegger. Alle Frauen an der Kasse betrachteten mich mit Ehrfurcht. Nur Karin drehte sich um und rannte davon. Um meiner Forderung noch mehr Gewicht zu verleihen, fügte ich hinzu: „Rücken Sie sofort die Hose raus, sonst hole ich Professor Geishauser!“ Zu meinem Erstaunen habe ich eine neue Unterhose gekriegt – und sogar in Schwarz! Echt nett die Verkäuferin im Kaufhof! War gar nicht sauer, dass ich die blutige Unterhose zurückbrachte. Dagegen war Karin sauer. Und das ziemlich! „Du wolltest doch ein Raubtier haben!“, sagte ich zu ihr am Abend in der Küche.

„Das schon“, sagte sie. „Aber ein höfliches!“ Und da habe ich endlich das Wesen des Kapitalismus begriffen. Deswegen hatte also Professor Geishauser gewollt, dass ich

den wütenden Lastwagenfahrern freundlich zuwinkte.
Das höfliche Raubtier-Dasein – Kapitalismus eben! Ich
versprach Karin, mich zu bessern.

Safer Sex beim Kamasutra

Nach ein paar Jahren unserer lahmen Beziehungskiste geriet Karins Hormonzyklus vollends auf die schiefe Bahn der Spiritualität. Karin schwor dem Geschlechtsverkehr ab und verkehrte seitdem nur noch mit ihrem Schutzengel. In einer langen Beziehung wirft die Frau irgendwann unweigerlich diesen unauffälligen, aber langen Seitenblick auf dich, mit der Frage darin: War das alles im Leben? Gegen einen Schutzengel kannst du dich als Mann einfach nicht behaupten: Ein Schutzengel hat keinen Schwanz, verspricht seinem Schützling nicht ständig, dass er irgendwann viel Geld verdienen wird, taucht nur dann auf, wenn sie ihn braucht, furzt nicht rum, sagt das, was sie hören will, und hält ansonsten das Maul. Ein idealer Partner für eine Frau über vierzig. Nach Jahren Karin sollte ich mich also auf einen neuen Hormonzyklus einstellen. Karins Zyklus hatte ich viele lange Jahre erforscht, und als ich schon dachte – jetzt checke ich's, heureka! – hat der verfluchte Zyklus plötzlich angefangen, sich ganz anders zu drehen. Mann, oh Mann! Sollte ich auf Weiber nicht besser ganz verzichten? Von den diversen Sexarten und -abarten kam mir zurzeit die Masturbation sowieso am schönsten vor! Niemand meckert dabei: „Warum stellst du dich wieder so blöd an, he? Das ist kein Fußball, Mensch! Hier musst du etwas Gefühl zeigen, du Bettversager, du!" Ja! Das kreischt sie, nachdem sie deine Eier mit einem Kniekick zu Rühreibrei zermatscht und dir am Rücken ein paar blutige Spurrinnen ausgekratzt hat. Entweder machst du zu langsam oder zu schnell, drückst zu sanft oder zu fest, streichelst zu kitzlig oder zu grob … Wie schön und entspannt fühlt sich dagegen dein Soloprogramm an! Dein ureigenes

Konzert! Nur deine Hand und dein … Fagott! Um
kosmische Orgasmen zu erleben, hab' ich mir von 'nem
Freund den Sternenhimmel auf die Zimmerdecke malen
lassen! Du legst dich aufs Bett, nimmst deine Fiedel in die
Hand, und schon rast du auf dem Spiralnebel ins Zen-
trum der Milchstraße, schon tanzt du zu Klängen der
kosmischen Symphonie! Die Hand streicht hoch und
runter, du galoppierst von Oktave zu Oktave wie ein
Tonleiterreiter! Nicht mal an der Gitarre hast du so viel
geübt – du rubbelst im 4/4-Takt vor dich hin, eins und
zwei und drei und vier und …, kein ¾-Takt-Trauer-
marsch wie im Bett bei Karin! Alles mit DEINEN Tönen
in den Ohren, keine dröge Meditationsmusik, sondern
Riffs wie bei Smoke on the Water: du, du, du, dudu dudu,
ein Live-Musical im Hirn – ein Mösenmusical – schöne
Woodstockmösen!, Hair! – noch nicht so arg kahl wie
heutzutage! Die brutale Glatzenwelt draußen vergessen!
Flower Power! My Generation! All You Need Is You! Du
musst dich nicht stressen lassen, diese Mösen sind deine
eigene Komposition, auch das Instrument hast du voll im
Griff – du musst keine Angst haben, dass dein Horn
bricht, weil die Hornistin damit rumkurbelt, als würde
sie Blätterteig mischen, oder dass sie falsche Töne bläst,
du musizierst halt gemütlich, und wenn's dir zu lang-
weilig wird, hörst du einfach auf damit! Oder du nimmst
zur Abwechslung die andere Hand dazu, und gleich steigt
wieder die Spannung. Liebe kann schön sein oder häss-
lich. Wichsen ist schön! Warum wohl haben sich die
Kirchenmänner den Zölibat ausgedacht? Warum grinsen
die Päpste und die Bischöfe, auch wenn die Welt um sie
herum zugrunde geht? Die Pfaffen und die Gurus machen's halt g'scheiter als wir Männer ohne spirituelle
Tarnung. Die Pfaffen haben längst erkannt, dass die Frau
der Meister im Glauben ist und der Mann der Meister in

der Verarschung der Frau! Die Pfaffen überlassen uns Blöden die jungen Weiber, aber wenn die Weiber älter und somit schöner werden, holen sie sich die Gereiften zurück und belabern sie bis ins Grab, versprechen ihnen Dinger, die's nicht gibt und spielen die Platzhirsche im Dorf. Während wir andern traurig in die Flimmerkiste glotzen. Die Pfaffen wissen halt: Eine Frau über vierzig ist ein vollendetes Kunstwerk – ein Geschenk der Evolution! So wie Karin! Egal wie ich mich bemühte, Karin ging mir nicht aus dem Kopf. Ich fand sie immer noch heiß! Scheiße verdammte!

Trotzdem lief meine autoerotische Beziehung einige Monate wie geschmiert. Doch dann geriet ich im Vereinsheim an Lena. Nach unserer Schwabinger Schaumschläger Show fragte sie mich, ob ich's auf Indisch mag.

Boah! Indisch? Lecker! Gleich lief mir die Spucke im Mund zusammen. Gerade letzte Woche hatte ich bei Sarovar in der Fürstenstraße köstliches Chicken Curry gegessen. „Klar mag ich indisch!", sagte ich. „Vor allem wenn das Hühnchen schön gerupft ist! He, he!"

„Oh, ja!", sagte Lena. „Das Hühnchen ist ganz hübsch gerupft!" Sie kicherte – sie hatte wohl schon einige Beck's intus – und packte mich am Bein.

„Das geht mir zu schnell!", sagte ich. „Ich bin nicht auf eine schnelle Nummer aus!" So ein Spruch beeindruckt Frauen immer. Lena lachte, als hätte ich ihren G-Punkt entdeckt. Statt ihre Hand aber zurückzuziehen, grub sie ihre Fingernägel in mein Fleisch. Na ja! Was soll's! Vielleicht brauchte sie vor dem Chicken Curry etwas Nähe. Erst in ihrer Wohnung hat sich herausgestellt, dass sie mit „indisch" gar nicht Chicken Curry meinte, sondern das Kamasutra. Wir haben bei ihr nur drei Sätze gewechselt:

Sie: „Hast du Pariser?"

Ich: „He?“

Sie: „Hol' Pariser!“ Obwohl ich noch fünf Minuten davor keusch bis zum Tode hatte bleiben wollen, jagte ich aus ihrer Wohnung nur mit dem einen Gedanken im Hirn: Wo krieg' ich jetzt die verdammten Pariser her? Das Treppenhaus runter surfte ich auf einem Brett aus Testosteron. Mann! Vielleicht konnte ich mit Lena auf den Wogen des Kamasutra Karin endgültig aus meinem Hirn treiben. Karins erotische Ausstrahlung mit Lenas Laserkanone vernichten? Und ... Jessesmaria! Vielleicht konnte ich mich doch noch einmal im Leben verlieben! In Lena – in diese geistvolle Frau! Wie sie das mit dem gerupften Hühnchen sagte ... So was von intelligent! Bitte, bitte, Gott! Lass mich noch mal eine Liebesgeschichte erleben! Und erlaube nicht, dass Lena an Dich und an diese bescheuerten Schutzengel glaubt! Ist der Mann nicht ein blödes Vieh?

Wie ein Irrer joggte ich durch Schwabing! Wo treibe ich jetzt in der Nacht Pariser auf? Bei uns hatte Karin die Einkäufe gemacht. Erst zwei Hopper vorm Babalu haben mich aufgeklärt: „In jeder Kneipe kriegst du Pariser, Mann, auf dem Klo!“

„Echt? Ich dachte immer, in diesen Kloautomaten gibt's Kaugummis. Oder Magnum!“ Gleich im Babalu funktionierte das Gerät. Ich griff mir die Gummis und rannte zurück zu Lena. Mädchen! Jetzt wirst du das Kamasutra deines Lebens erleben: Den Hasen, den Stier, den Hengst – alles in einem! Den Shivaständer! Aber! Verdammt! Wo wohnte sie eigentlich? Die Hauseingänge schauten alle verflucht gleich aus. Unterwegs aus dem Vereinsheim zu ihr hatte ich sie so voll gelabert, dass ich gar nicht auf den Weg geachtet hatte. Und beim Galopp aus ihrer Wohnung hatte ich nur das Kamasutra im Hirn! Scheiße! Lena, wo wohnst du? Oh nein! Ich Idiot! Was nun? Schluss mit der

Musik? Jetzt konnte ich mir höchstens 'nen Pariser über den Kopf ziehen und wie ein Wolf heulen! Sogar meinen Rucksack hatte ich bei Lena gelassen. Zum Glück fand ich meine Schlüssel in der Jackentasche. Ich fuhr heim, holte das Kamasutra aus dem Bücherregal und vögelte theoretisch.

Am nächsten Sonntag tauchte Lena wieder im Vereinsheim bei der Show auf – mit Freundinnen. Sie kriegten 'nen Lachkrampf, als sie mich erblickten. Lena reichte mir meinen Rucksack, streifte mir mit den Fingern flüchtig über die Wange und sagte: „Habe ich dir echt so viel Angst gemacht?" Was hätte ich ihr sagen sollen? Dass ich mich als Mann nicht im Gelände orientieren konnte? Das wäre noch bescheuerter, oder?

Jeden Sonntag lacht Lena, wenn ich auf der Bühne im Vereinsheim stehe. Zu Chicken Curry lädt sie mich aber nicht mehr ein. Obwohl ich die Pariser von damals immer noch dabei habe und im Kamasutra ein echter Experte geworden bin – hab' schon alle Kamasutra-Übersetzungen ins Deutsche zweimal gelesen. Jeden Sonntag schlägt mein Herz einen Hard-Core-Song, wenn ich ins Vereinsheim fahre. Das Lena-Lied! Bin ich gleich nach Karin in eine neue Falle getappt? Warum auch nicht! So lange dein Herz schlägt, bist du ja nicht tot! Und das ist schon sehr viel im Leben, oder?

Der freie Wille der Kneipenphilosophen

Die alte Linde ächzt unter Zentnern Schnee. Eine Schar Kinder schiebt ihre Schlitten die Straße hinauf, zur Kapelle des Heiligen Johann, um eine Viertelstunde später wieder nach unten zu rasen, bis zum eingefrorenen Fluss. Hier streut man erst, wenn die Kinder den ersten Schönschnee zu Eis gefahren haben. Sogar ein Schellenschlitten kündigt sich mit seinem Läuten an. Hoffentlich rückt nicht wieder mal der Großvater Frost aus Russland an, um das Jesuskind aus der Stillen Nacht zu prügeln. Nein! Jetzt waltet der Winter in Mähren, nicht der Prager Frühling! Keiner nimmt dir dein Weihnachtsglück! Deine neue Heimat Deutschland liegt weit weg – München hockt auf dem Gipfel der gezuckerten Zugspitze. Du bist zu Hause! Durch das Fenster deiner alten Stammkneipe beguckst du die Schönheit der mährischen Weihnacht und erweiterst dein Bewusstsein mit Bier der Marke Radegast – nach einem Slawengott benannt. In Mähren ist jedes Glas Bier eine Opfergabe an Gott! Ja! Hier sind auch Götter Biertrinker, saufen öffentlich und aus Freude und nicht heimlich und vor lauter Frust über ihre Schäfchen wie der Gott der Katholiken, zu dem die Leute in Mähren auch gehören. Dass unser katholischer Gott hin und wieder besoffen irgendwo herumliegt, ist wohl klar – sonst ist manches in der Welt nicht zu erklären. Heiliger Abend am Vormittag in Mähren!
Eine vermummte Gestalt stürmte die Kneipe. Der Steinmetz Alfons. Er griff sich von der Wirtin ein Bier und hockte sich zu uns. „Ich trink nur das eine!", sagte er. „Muss meiner Alten den Karpfen bringen. Sonst verdrischt sie mich wieder!"
„Du hast doch deinen freien Willen, Mann!", sagte Pepa.

„Von dem redest du ständig. Hau deiner Alten einfach aufs Maul, wenn sie dir wieder mal brutal kommt!"

„Sie ist stärker als ich", sagte Alfons. „Ich bin durchs Denken geschwächt. Den freien Willen gibt's sowieso nicht mehr! Den haben die Gehirnforscher abgeschafft. Sie haben gemessen, dass der Mensch handelt, bevor er denkt. Du bist nicht der Schmied deines Schicksals. Dein Leben ist eine irre Aneinanderkettung von unglücklichen Zufällen, die du dir in der Kneipe zu etwas Schönem dichten musst! Den Heiligen Abend vor einem Jahr hatte ich bis ins Detail geplant: mit Ruhe und Frieden und mit selbst gebranntem Sliwowitz am Abend und einem Karpfen im Bauch nach dem es sich schön philosophieren lässt. Stattdessen hat's Terror gegeben!"

Die Wirtin stellte frische Biere vor uns. „Ich muss gleich nach Hause!", sagte Alfons. „Sonst tobt meine Frau wieder!"

„Soll ich das Bier dann wieder wegnehmen?", fragte die Wirtin, doch Alfons riss es ihr aus der Hand und setzte das Glas an. Er wischte sich den Bierschaum von der Oberlippe und legte los: „Letztes Jahr hat meine Alte mich gleich in der Früh zum Metzger geschickt, den Karpfen zu holen. Ich wollte eigentlich Sliwowitz schmecken! Stattdessen musste ich in die Kälte! Wo war da mein freier Wille geblieben, verdammt? Nach dem Willen meiner Alten hab ich mein Mofa gesattelt und fuhr los. Leider waren die frischen Karpfen bei unserem Metzger aus. Ich rufe meine Alte an, ob ich einen eingefrorenen Fisch bringen könnte, aber nein, sie will einen frischen. ‚Wir werden doch keinen Karpfen aus der Gefriertruhe essen!', kreischte sie. 'Warum hast du den Karpfen nicht früher gekauft? Den haben wir doch jedes Jahr ein paar Tage in der Badewanne.'

‚Weil ich meine Badewanne nicht mehr mit Fischen teilen

will!', sagte ich, hockte mich aufs Mofa und fuhr nach Ostrava. Saukalt! Ich hatte nur das Hemd unter dem Mantel, hatte ja gedacht, dass ich gleich wieder daheim bin. Genau hinter den Lücken zwischen den Knöpfen meines Mantels befanden sich aber auch die Lücken zwischen den Hemdknöpfen und drunter kein Unterhemd. So raste ich auf meinem Mofa, der eisige Wind blies mir entgegen und geißelte durch diese Lücken meine nackte Haut. Ich hielt an und zog mir den Mantel mit der Rückseite nach vorne an, also mit den Knöpfen nach hinten. Gleich war mir wärmer. In Krmelin stand vor der Bäckerei eine Schlange, daneben eine Menge Leute ums Bäckereifenster herum, sie schlürften Glühwein aus ihren dampfenden Tassen. Der Teufel hat mir zugeflüstert: ‚Halte an und trink' eine heiße Tasse Wein', doch der freie Wille meiner Alten, der bei mir im Hirn eine kleine Sendeanstalt hat und nonstop sendet, sagte mir: ‚Fahr weiter, sonst gibt's Schläge!' Auch mein freier Wille mischte sich ein: ‚Bleib standhaft', sagte er mir, ‚gleich trinkst du zu Hause Sliwowitz!' Ich fuhr also weiter! In Ostrava kaufte ich den Karpfen und bretterte auf dem Mofa zurück. Es schneite wie verrückt. Und wieder Krmelin und die Bäckerei. Ich wollte auch jetzt auf dem Rückweg dem Glühwein widerstehen, mein freier Wille bildete zusammen mit dem freien Willen meiner Alten eine unbeugsame Front gegen die Einflüsterungen des Teufels – ich blicke nur schnell zu dem Bäckereifenster rüber, ob die Glühweintassen immer noch so hübsch dampfen, gucke zurück auf die Straße, zucke dabei UNGEWOLLT nur ein bisschen mit dem Lenker, und der frische Schnee auf dem Asphalt wird zur Todesfalle. Das Mofa rutscht aus! Das Vorderrad dreht eine Pirouette um 180 Grad, der Impuls von 40 Kilometern pro Stunde wirkt plötzlich gegen mich, ich fliege über den verdrehten

Lenker, schlage Saltos und lande auf dem Rücken im großen Schneebett am Rand der Straße: Ein frisch aufgeschütteltes Bett – weich wie in Daunen lande ich und liege. Schön! Hoch fliegen und … liegen! Auf dem Rücken in den Schneeflocken, sie fallen dir in den Mund, bedecken deine Augenlider, als streuten Götter Blütenblätter weißer Rosen auf den Körper der toten Schneekönigin! Liegen bleiben ist die vornehmste Äußerung des freien Willens eines Mannes! Bald würde der Schnee über mir einen Grabhügel bilden: Hier liegt Alfons, dessen freier Wille nie so richtig wusste, was er wollte – doch schon eilten die Glühweintrinker von der Bäckerei zu mir. Keiner hob mich aber hoch! Sie blieben vor mir stehen und beglotzten mich mit Schreck in den Augen! Wie ich da in meinem Mantel lag, den ich wegen des eisigen Windes mit der Rückseite nach vorne angezogen hatte. ‚Schaut!‘, sagte plötzlich eine Frau. ‚Er muss sich das Genick gebrochen haben. Sein Gesicht ist verkehrt rum!‘ Das sagte sie und fiel auch gleich in Ohnmacht.
Ich stand auf, um sie zu beruhigen. ‚Auch seine Füße sind verkehrt rum!‘, kreischte ein Kind, und eine andere Frau wurde ohnmächtig. Ich schritt auf die Leute zu, und sie liefen vor mir davon. ‚Ich hab mir nur den Mantel mit der Rückseite nach vorne angezogen!‘, brüllte ich. ‚Wegen des eisigen Windes!‘
Die Wirtin brachte neues Bier. „Ich muss gleich heim!“, sagte Alfons. „Meine Alte wartet auf den frischen Karpfen!“
„Dann hast du doch alles gut überstanden!“, sagte ich.
„Die Geschichte ist noch nicht zu Ende!“, sagte Alfons. „Die Leute in Krmelin wollten mich einfach nicht gehen lassen. ‚Du musst ein paar Tassen Glühwein trinken!‘, riefen sie. ‚Damit wir uns von dem Schock erholen!‘ Konnte ich das ablehnen? Das wäre doch unhöflich ge-

wesen! Mein Mofa war sowieso hin. Nach etwa zwei Stunden war mir dank dem Glühwein warm genug, und so wanderte ich über den Hügel zu Fuß nach Hause. Meine Alte war schon ziemlich ungehalten wegen des langen Wartens. Sie riss mir die Tüte aus der Hand, und als ihr meine Glühweinfahne entgegenschlug, wurde sie noch wütender. ‚Vier Stunden warst du weg!‘, kreischte sie. ‚Du Nichtsnutz, du!‘ Sie holte den Karpfen aus der Tüte. ‚Der ist ja ganz eingefroren! Ich wollte einen frischen!‘ Vor lauter Wut schlug sie mit dem Karpfen gegen die Tischkante und machte dort eine Delle damit! Während meiner Glühwein-Reha und des langen Marsches über den Hügel war der Scheißfisch eingefroren. ‚Du Versager, du!‘, schrie meine Frau. ‚Jetzt ist wegen dir unser neuer Tisch kaputt!‘ Sie musste Dampf ablassen, wollte aber keine Möbel mehr beschädigen, so schwang sie den eingefrorenen Karpfen gegen mich wie eine Keule und hat mir damit eine Platzwunde am Kopf beigebracht. Der Schwager hat mich zum Nähen nach Ostrava in die Klinik gefahren. Auf dem Rückweg machten wir dann in Krmelin zusammen eine Glühweinpause, weil's der freie Wille meines Schwagers so wollte und die Medizin sowieso – der Schwager meinte, bei meinem Blutverlust müsse ich unbedingt Rotwein trinken, damit sich neue rote Blutkörperchen bilden können. Nach dem Glühwein mit Schwager war der Heilige Abend auf jeden Fall gelaufen."
Der Steinmetz Alfons trank sein drittes Bier aus und drehte sich zur Wirtin. „Gib mir noch eins!", sagte er. „Dann muss ich aber gleich heim! Sonst kriegt meine Alte wieder 'nen Kollaps." Er guckte auf seine Uhr. „Auch heute konnte sich mein freier Wille irgendwie nicht durchsetzen. Die Kneipe stand uns im Wege!"
Nach dem vierten Bier stand Alfons aber tatsächlich auf.

Durchs geöffnete Fenster konnte ich noch seine Schimpfkanonade draußen vor der Kneipe hören. „Verhurte Arbeit!", brüllte er. „Jetzt ist der Karpfen wieder eingefroren. Ich hätte ihn doch in die Kneipe mitnehmen sollen!"
Und dann tuckerte sein Mofa schon davon, nach Hause,
wo auf Alfons und den eingefrorenen Weihnachtskarpfen
sein freier Wille in der Kochschürze wartete.
Der freie Wille meines Kumpels Pepa und mein freier
Wille bestellten noch ein Bier. Wir wollten einfach nichts
mehr dem Zufall überlassen. Darauf haben wir uns ge-
einigt. Unsere Zufälle mussten durch unseren freien Willen in Gang gesetzt und gesteuert werden. Egal was die
Gehirnforscher dazu sagten! Mit unseren Karpfen waren
wir vom Metzger sowieso gleich und in voller Absicht in
die Kneipe gegangen und hatten die armen Fische auch
mit hereingenommen. Damit sie uns nicht einfroren.
Jetzt beglotzten uns die Karpfen andächtig aus dem Wasser in ihren Plastiktüten und überlegten wohl, was heute
am Heiligen Abend noch alles gegen ihren freien Willen
passieren würde.

Eine Frau mit Buch

Eine Frau mit Buch macht mich an. Wenn ich eine Frau mit Buch sehe, muss ich am Abend kein Bier trinken. Nach einer Frau mit Buch brauche ich keine anderen Drogen. Wegen einer Frau mit Buch streune ich wie ein Wahnsinniger durch Buchhandlungen, Buchmessen und Bibliotheken. Das Schlimmste für mich wäre wohl, wenn Männer wieder zu lesen anfangen und Frauen aus den Buchhandlungen verschwinden würden. Aus der U-Bahn ist eine Frau mit Buch bereits verschwunden. Leider nimmt dich eine Frau mit Buch gar nicht wahr – sie hat an ihrem Buch ja Ersatzbefriedigung genug. Damit mich eine Frau mit Buch wahrnimmt, bin ich Schriftsteller geworden. 20 Jahre lang hab' ich mit diesem Scheiß-schreiben verbracht, bis mir klar wurde, dass für eine Frau mit Buch nur ein berühmter Schriftsteller von Interesse ist. Eine Frau mit Buch liest ja keine Bücher unbekannter Autoren, wie du einer bist. Eine Frau mit Buch nimmt in die Hand nur das große Ding von Philip Roth oder John Irving oder Günter Grass und nicht dein Mickriges, an dem kein Bestsellerorden hängt, du Versager, du!

Der Frauenbuchtempel in München ist ohne Frage Hugendubel. Und dort arbeitet eine Hohepriesterin des Ordens der Heiligen Frau mit Buch! Eine urweibliche Buchhändlerin mit lauter Geschichten in ihrem Lächeln, mit einem verständnisvollen Blick für dein Verlangen und Versagen – wenn sie dich nur einmal anblicken würde, verdammt noch mal! Die Frau mit Buch total! Keine Ahnung, wie sie von anderen Männern als Frau angesehen wird, aber mir zeigt sie eine Menge Sexappeal – nein, sie ist keine Sexbombe , keine plumpe Bein- und

Busen-Bombe, das wäre zu wenig Geist und zu viel
Fleisch für eine Frau mit Buch – sie ist einfach eine
Buchbombe! Wenn diese Frau nur ein Buch anfasst, be-
komme ich einen Ständer und gleich darauf ein schlechtes
Gewissen deswegen! Eine solche Wirkung hat die Hugen-
dubel-Frau mit Buch auf mich. Nur wegen ihr wollte ich
ein berühmter Schriftsteller werden. Das war Anfang der
90er auch ganz gut angelaufen – immer wenn ich eine
Geschichte auf einer Bühne vortrug, lachten sich die
Leute schlapp: „Das beste an dir ist dein tschechischer
Akzent!", sagte man mir immer wieder. „Wie von
Schwejk!" Das war wohl die Folge der depperten
deutschen Schwejk-Verfilmungen. Statt zu erklären, dass
der gute Soldat Schwejk keinen tschechischen Akzent
haben konnte, weil er ja Tscheche war und nur tsche-
chisch sprach, kultivierte ich weiter meine Umlaute,
sagte beim Vortrag meiner tiefsinnigen Geschichten
„Mese" statt „Möse", „Frihschlipfer" statt „Früh-
schlüpfer" und „aba" statt „aber" und freute mich auf den
Tag, an dem ich mich selbst auf der Spiegeltitelseite beglotzen würde: der Bestsellerautor Konecny, der Mann
des Jahres aus dem härtesten Viertel Münchens, Neuperlach. Dieser Berufstscheche hat's geschafft! Mann!
Dann laufe ich schnurstracks zu Hugendubel. Meine Frau
mit Buch stapelt dort gerade auf einem Kulttisch mein
frisch erschienenes Wunderbuch, mit 'nem Plakat darüber: „Miller, Bukowski, Konecny", oder noch besser:
„Konecny, der Pan Tau des literarischen Hard Cores, der
Mauli für Erwachsene, die Akzentsau". Ich packe die
Frau mit Buch an der Hand und sage: „Das hab' ich nur
für dich geschrieben, Bücherschnecke! He, he, he …
Kommst du mit ins Café Rischart Nussschnecken essen,
du kleine Kannibalin, du?" Damit sie halt sofort merkt,
was für ein Humorist ich bin.

Wegen meines Akzents hatten ein paar deutsche Freunde und ich sogar den subVers-Verlag gegründet. Meine „Mesen" würden sich verkaufen wie Krapfen am Fasching, meinten meine Freunde. Leider bastelten da schon seit einigen Jahren die Russen an ihrer Perestrojka. Gerade als meine Karriere als Bühnenliterat mit dem lustigen Akzent richtig losgehen konnte, machten die Russen die Grenzen auf. Und schwupp! In Deutschland tauchte Wladimir Kaminer auf. Zu allem Überfluss direkt in der Hauptstadt – in Berlin! Und dann, Mitte der 90er, hat ihm irgendein Teufel zugeflüstert: „Warum wirst du nicht Schriftsteller, Wladimir? Die Deutschen sind für jeden Masochismus zu haben! Verwende halt viele Umlaute, nur nicht die Unanständigen in den „Mesen" wie dieser Tscheche Konecny, und jede deutsche Schwiegermutter wird dich in ihr Herz schließen!" Seit dem fragt man mich in Interviews: „Jaromir, du schreibst doch auch lustige Geschichten wie Wladimir Kaminer. Warum verkauft der Wladimir hunderttausende von Büchern und du keine?"
„Weil Wladimir ein Russe in Berlin ist, und ich ein Tscheche in München!", sage ich. Ein Freund meinte, ich solle nicht mehr so viel über die Mösen und das Vögeln schreiben, das mögen halt die männlichen Lektoren nicht so, sie wollen, dass die Frauen denken, wir Männer würden ihnen aus rein platonischen Gründen nachjagen. Es gebe doch auch andere hübsche Wörter mit Umlauten: „B(e)ren", „W(e)lfe" und „F(i)chse" zum Beispiel. Aber was konnte ich schon ausrichten gegen meine Natur, he? Ich war nun mal Tscheche! Für einen Tschechen ist die Möse der Urgrund aller Literatur, die Quelle jeden Daseins. Trotz Widerstand der heidnischen Tschechen hatten die Christen die Möse abgeschafft und die Anbetung der Möse durch die ekelhafte Schreckherrschaft

der Unbefleckten Empfängnis ersetzt. Als ob die einzige real existierende Empfängnis, aus der jeder Mensch hervorgeht, etwas Schmutziges wäre! Schon wegen dieses Unworts müsste man die katholische Kirche als eine verfassungswidrige Organisation verbieten, denn die Menschenwürde ist unantastbar! Für mich blieb die Möse auf jeden Fall die schönste unter den Heiligen Jungfrauen, so schön, dass sie sich in Deutschland sogar einen appetitlichen Umlaut zulegte, und ich ein Gebet: Möse unsere auf Erden, ich komme!

Letztes Jahr schickte ich wieder mal ein Manuskript an einige große Verlage. Ein Lektor, ein Mann wohlgemerkt, hat mir in seiner Ablehnung geschrieben, dass meine Geschichten zu sexlastig seien – das würde an der Zielgruppe seines Verlags vorbeigehen.

„Ja, hat Ihre Zielgruppe keinen Sex mehr?", mailte ich ihm zurück. Sind die Lektoren am Ende katholisch verseuchte Sojawürstchenfresser, die Anbeter des Surrogats? Statt Fleisch Tofu! Statt Bier Clausthaler! Statt Sex Feuchtgebiete! Statt Konecny Kaminer! Klar schießen die Journalisten den Vogel ab: Einer redet von mir in seinem Artikel als von dem „Wladimir Kaminer aus München", ein anderer liest das und schreibt, Kaminer sei ein so eingeführtes Markenzeichen, dass sich sogar ein Tscheche als Wladimir Kaminer Münchens bezeichnet. Ach, egal! Ich musste die Frau mit Buch dazu bringen, aus den Unmengen der anderen Bücher mein Buch zu fischen – die Blume auf dem Müllhaufen zu finden! Jeden Tag schleiche ich bei Hugendubel um die Frau mit Buch herum, vielleicht erinnert sie sich ja plötzlich, dass sie mich vom Poetry Slam her kennt oder von den Schwabinger Schaumschlägern oder aus der Zeitung, kann ja sein.

Eines Tages stand ich also wieder mal am Kultbüchertisch im Hugendubel, blätterte in einem Werk eines jungen Kultautors aus der üblichen Lektorenretorte, irgendein Stuckrad-Barre-Klon war's gerade, da lief meine Frau mit Buch an mir vorbei und rammte mich in dem Gedränge mit ihrem spitzen Ellbogen. „Entschuldigung!", sagte ich mit meinem wunderbaren Akzent. Und … sie blieb stehen. Ihr Mund ging in einem bombastischen Lächeln auf: „Du bist doch …", sagte sie, runzelte die Stirn, ich konnte förmlich fühlen, wie Heinzelmännchen durch ihr Gehirn jagten und nach meinem Namen fischten, nach der richtigen Erinnerung. Sie guckte auf den Kultbüchertisch runter, nahm die „Russendisko" in die Hand und sagte: „Ich hab dich mal auf einer CD gehört! Du bist Wladimir Kaminer, oder? Würdest du mir das Buch signieren?"

„Na, klar!", sagte ich. „Wie heißt du?"

„Michele!", sagte sie.

„Also!", sagte ich und schrieb in Wladimir Kaminers „Russendisko" hinein: „Für Michele von Wladimir".

Darüber zeichnete ich ein mit Pfeil durchbohrtes Herz, darunter ein gebrochenes. Michele errötete leicht.

„Ciao, Michele!", sagte ich. An der Treppe drehte ich mich noch einmal um. Mit strahlendem Gesicht zeigte Michele gerade meine Widmung einer Kollegin, die auch keine schlechte Frau-mit-Buch-Figur abgab.

„Tja!", sagte die Kollegin, „möchte echt wissen, warum seine Herzen wie Ärsche ausschauen." Was Michele darauf antwortete, kriegte ich leider nicht mehr mit. Aus dem Hugendubel lief ich ins Café Rischart, bestellte zur Feier des Tages eine große Tasse heiße Schokolade und eine Nussschnecke, schlemmte und freute mich über den schönen Tag. Leider musste ich mir ab jetzt den Hugendubel abschminken. Ich wollte ja nicht als der Tscheche entlarvt werden, der sich für einen Russen ausgab. Wäre ja auch ziemlich blöd, oder?

Die Schatzinsel

Die Schatzinsel, dieses geniale Buch, war das Rauschmittel meiner Kindheit. Ich las es immer von neuem. Wenn meine Mutter mir nachts die Taschenlampe beschlagnahmte, guckte ich an die dunkle Zimmerdecke und dachte an geheimnisvolle Höhlen voller Schätze.
„Was willst du sein, wenn du erwachsen bist, Jaromir?"
„Ein Schatzinselsucher!"
Doch als Erwachsener landete ich statt auf einer Schatzinsel in einer Zuckerfabrik in Cakovice unweit von Prag. Von Schatzinsel keine Spur. Nur Zuckersäcke! Zum Glück hatte ich Abitur und durfte dort einen Gabelstapler fahren.
Gleich am ersten Abend nahm mich Miki der Fisch, der andere Gabelstaplerfahrer, in die Dorfkneipe mit. Und dort wurde mir klar, dass ich meiner Schatzinsel so nah war wie nie zuvor. Am langen Tisch der Kneipe hockte die Piratenbrut des berüchtigten Long John Silver: etwa zehn Mann mit zusammen mindestens 50 Jahren Knasterfahrung – der kriminelle Bodensatz der sozialistischen Gesellschaft: Diebe, Schläger, Arbeitsscheue! Gesichter des Grauens: Galgengoschen, Gammelglatzen! Mit ihren Tattoos hätte man die Nationalgalerie in Prag füllen können. Der größte Gangsta, ein Gorilla von Gottes Gnaden, stand auf, um Wasser abzuschlagen – oh Gott! – hier war er! Long John Silver persönlich! Ein Holzbein trug er zwar nicht, humpelte jedoch gewaltig.
„Hast du dich beim Schifahren verletzt?", fragte ich ihn mangels anderer Inspiration. Long John lachte wie ein gekitzelter Bulle, „grrghhh", und schlug mir auf die Schulter, so dass ich zehn Zentimeter kürzer wurde. „Der Bub ist witzig!", sagte er. „Ich mag ihn!" Wahnsinn! Er

mochte mich! Ich hatte mit ihm gescherzt, und er hat
mich nicht totgeschlagen dafür!

„Setz dich zu mir!", hörte ich plötzlich eine weibliche
Stimme. Ich drehte mich von Long Johns Rücken zurück
zum Tisch. Boah! Die Piratenbraut! Der Himmel und das
Meer leuchteten in ihren Augen – eine blauäugige brutal
busige Braut!

„Sitzt hier nicht dein Freund?", fragte ich und nickte zum
Rücken von Long John, der gerade die Klotür aufriss und
so in die verrauchte Kneipe etwas frische Luft hereinließ.

„Ach, Josef!", sagte sie. „Wir sind nur so befreundet.
Nicht wie du meinst. Ich stehe auf Intellektuelle!"

„Ich hab' Abitur!", sagte ich.

„Echt? Ich bin Magdalena!" Magdalena strahlte mich
dank meines Abiturs so gnadenlos an, dass ich sofort zu
dampfen anfing und rot anlief. Hätte hier in der Kneipe
jemand Tee gewollt, hätte man mich statt 'ner Koch-
spirale ins Wasser tauchen können. Doch wer würde hier
schon Tee trinken? Heute hatte man am Tisch den 3-
Promille-Grenzwert angepeilt, und keiner schien frei-
willig drunter rutschen zu wollen. Magdalena klopfte auf
den leer gewordenen Stuhl. Ich musste mich zu ihr
setzen! Ein anderer Gauner vom Tisch eilte zum Klo.
Kurz darauf hörten wir von dort ein paar dumpfe Schläge
und Schreie. Die Klotür flog wieder auf, und die beiden
Brutalos humpelten laut lachend und grölend zurück in
die Stube. Beide mit Blut im Gesicht. Wohl hatten sie sich
auf dem Klo etwas Gaudi gegönnt. Long John kam zu mir,
wischte sich das Blut von der Lippe, säuberte die Hand an
seiner Jeans und sagte: „Du hockst auf meinem Stuhl,
Schorschi!" Jetzt würde er wohl bei mir das Blut
anzapfen.

„Er hat Abitur!", sagte Magdalena.

„Echt?", sagte Long John. „Was trinkst du?"

„Nur Bier trinkt er!", sagte Magdalena. „Ich wollte zwar

protestieren, sturzbesoffen kann ich jeden Schlag ein-
stecken, aber sie legte mir ihre Hand aufs Bein, und so
hielt ich mein Maul. Long John rief der dicken Wirtin
etwas zu und hockte sich auf die andere Seite des Tisches.
Ruck, zuck stand die Wirtin mit einem großen Glas bei
ihm. Das Getränk darin sah wie reines Gift aus.
„Was machst du in der Zuckerfabrik?", fragte ich Magdalena, um meinen Intellekt unter Beweis zu stellen.
„Ich mach die Zuckertüten auf!", sagte sie und lachte
derb.
Ich trank mein Bier und versuchte, Magdalena mit meinem Abiturwissen zu betören. Zuerst flüsterte ich ihr
Gedichte tschechischer Dichterfürsten ins Öhrchen:

„Wie die Löwen schlagen wir ins Gitter,
wie die Löwen in Käfigen gefangen,
wir möchten hoch in den Himmel fliegen,
doch stecken hier fest in der Erde Zangen!"

Und ähnlichen Schwulst. Statt mich aber auszulachen,
ließ sich Magdalena in orgasmusähnliche Zustände dichten. Sie nahm meine Hand und legte sie auf ihren G-
Punkt … quatsch … auf ihr Bein.
„Ficken!", brüllte plötzlich Long John Silver und kippte
seine Giftbrühe runter.
An der linken Seite von Magdalena hockte Golonka, ein
etwa fünfzigjähriger Slowake. Er erzählte uns, wie er sich
aus der Slowakei nach Prag durchgeschlagen hatte,
indem er den schuftenden Kolchosearbeitern ihre Brot-
zeiten klaute. „Kurz vor Prag habe ich einen Lebens-
mittelladen geknackt", fuhr er fort. „Die Schweine haben
aber kein Geld in der Kasse gelassen! Ich wurde echt
sauer. Hab alle geräucherten Makrelen auf der Laden-
theke nebeneinander wie Soldaten aufgereiht und hab'

jeder Makrele eine Marlboro ins Maul gesteckt."
Um zehn Uhr am Abend schleppten Magdalena und ich
Long John in seine Zelle in unseren Holzbaracken.
„Kennst Du *Die Schatzinsel*?", fragte ich Magdalena vor
ihrer Tür.
„Komm morgen Abend zu mir!", sagte sie. „Ich zeige dir
deine Schatzinsel!" Sie gab mir einen Schmatzer auf die
Lippen und schlug die Tür hinter sich zu. Meine Schatzinsel? Boah!
Am nächsten Morgen wimmelte es in der Zuckerfabrik
nur so von Bullen. Jemand war in der Nacht in die Werkkantine eingebrochen. Immer lustiger wurde's. Wo war
ich da gelandet, verdammt?
Am Abend klopfte ich nur einmal, und die Tür ging auf.
„Da bist du ja!", sagte Magdalena und führte mich hinein.
Und wieder eine Überraschung. In dem kleinen Zimmer
hockte auf dem Stuhl neben dem Bett Long John. Verdammt! Ging's mir jetzt an den Kragen? Jawohl! Magdalena packte mich, schmiss mich aufs Bett und stürzte sich
auf mich. „Willst du die Schatzinsel sehen?"
„Ja!", schrie ich wie von Sinnen und ließ mich von
Magdalena vergewaltigen. Magdalena und ich tollten auf
dem Bett herum, sie schlüpfte aus ihrem T-Shirt, aus
ihrem Höschen – oh Gott, oh Gott – der Eingang zur ihrer
Schatzinselgrotte war mit dichtem Busch bedeckt; ich
heulte vor lauter Testosteron, und auf einmal „Klick" –
ich kniete auf dem Bett über der nackten Magdalena und
glotzte Long John Silver in die Augen. Verdammt! Diesen
Vogel hatte ich ganz vergessen! Er hockte weiter auf
seinem Stuhl und starrte uns an.
„Komm, Einstein!", kreischte Magdalena und nahm mich
wieder in den Schwitzkasten. Ich versuchte mitzumach-
en, konnte aber nicht mehr. Long John Silvers Blick bran-
nte mir Blasen in den Rücken.

„Ich ... ich kann nicht!“, flüsterte ich Magdalena ins Ohr.
„He?“
„Ich kann nicht, wenn er uns so anglotzt!“
Magdalena seufzte, stieg, nackt wie sie war, vom Bett, bückte sich zu Long John und flüsterte ihm etwas ins Ohr. Nach einem Weilchen stand Long John auf und verließ das Zimmer. Magdalena ging wieder auf mich los.
„Ist er irgendwie pervers?“, fragte ich.
„Eigentlich nicht!“, sagte sie. „Er hat nur in der Nacht die Werkkantine ausgeraubt und das ganze Raubgut hier unterm Bett versteckt. Er passt halt auf, dass davon nichts wegkommt!“
Jessesmaria! Dort war also die Schatzinsel! Unter dem Bett! „Dein Freund war doch in der Nacht stockbesoffen!“, sagte ich. „Wir haben ihn ins Bett geschleppt. Wie konnte er da die Kantine ausrauben?“
„Das hat er nur gespielt!“, sagte sie. „Um Alibi zu haben!“
„Ich muss kurz etwas aus meinem Zimmer holen!“, sagte ich.
„Komm aber gleich zurück!“, rief sie mir nach.
Im Zimmer packte ich meine Sachen zusammen und schrieb einen Brief, dass meine Mutter krank sei und ich kündigen möchte. Ich warf den Brief in den Briefkasten der Personalabteilung und machte Klarschiff. Die leuchtenden Sterne würden mir schon die Richtung zeigen. Ich musste mir nun mal eine andere Schatzinsel suchen als die der Magdalena. Für ihre war ich einfach noch nicht reif genug. Was soll's? Irgendwann würde wohl wieder eine Schatzinsel auftauchen! Ich hatte ja Abitur!

Esskultur

„Wir saßen auf den strohgeflochtenen Stühlen im Esszimmer eines der köstlichen alten Landhäuser in der Umgebung von Paris."
Gleich der erste Satz von Brechts Kurzgeschichte *Esskultur* machte mich glücklich. Boah! Jedes Dingwort so
groß wie seine Information, jedes Wort in Reih und Glied.
Wie Wortsoldaten! Vom Größten zum Kleinsten: Stühle,
Esszimmer, Landhaus, Umgebung von Paris. Und ich
hockte in der Umgebung von München! Genauer gesagt
in der S-Bahn! Nach einem Jahr Flüchtlingslager hatte
man mich – den Tschechen – endlich unter die Deutschen
gelassen.
Die S-Bahn ruckelte etwas. Schnell legte ich meine Hand
auf den Topfdeckel neben mir. Immer wenn der Deckel
ein Stück abhob, entwich aus dem Gulaschtopf eine dicke
Knoblauchfahne. Die Nüstern der Fahrgäste blähten sich
auf, ihre Nasenflügel flatterten auf der Suche nach der
Duft-Quelle. Da! Sie sogen den Knoblauchduft tief ein
und erschauerten vor Wonne. Danke Dir, Gott! Die Deutschen mögen Knoblauch!
Die Woche zuvor hatte ich wegen meiner Nikotinsucht
eine brutal busige polnische Geistheilerin besucht, die
unentwegt mit einem kleinen Holzengel spielte, der wie
ein Dildo aussah. Nach der Behandlung rauchte ich Kette. So lud mich Frau Schrammel, eine andere Patientin
der Polin und ansonsten eine Siddha-Yoga-Jüngerin, zu
einer Gruppenmeditation in ihre Villa am Starnberger
See ein. Jeder Teilnehmer sollte zum Abendessen der
Yoga-Party etwas mitbringen. Tschechisches Bier hatte
ich in München leider nicht auftreiben können, tschechisches Gulasch aber würde die Yogis bei ihrem mental-

en Flug sicher beflügeln. Mit Zwiebeln und Knoblauch hatte ich auf jeden Fall nicht gespart.

Die S-Bahn hielt kurz an und fuhr wieder los. „Ein Mann, der liest?" sagte eine Frauenstimme. „Unglaublich!" Ich hob den Kopf vom Buch. Boah! Sofort fiel mir die römische Provinz Rätien ein und die genetischen Folgen für Bayern! Diese Frau musste keine große Angst vor dem Ozonloch haben, ihre Haut war dunkel und ihr Haar wie ein schwarzes Loch.

„Hi!", sagte ich.

„Bist du Tscheche?", fragte sie.

„Ja!", sagte ich, jetzt aber ohne Akzent. „Und du?"

„Ich bin die Moni!", sagte sie und nahm mir den aufgeschlagenen Brecht-Band aus der Hand. „Aha! *Esskultur*! Die kenne ich aus meinem Uni-Seminar. In der Geschichte lästern doch Brechts französische Freunde über die Abneigung der Deutschen gegen alles Körperliche. Während sie und Brecht in einem Landhaus bei Paris warten, bis ein großes Rinderstück fertig gebraten wird. Brecht hat dann den Braten mit einem Gedicht verglichen."

Das würde Brecht auch von meinem Gulasch sagen, dachte ich mir. Ein Gulasch wie ein Gedicht! Klar hatte ich heute Mittag nicht widerstehen können und mir gleich zwei fette Portionen reingezogen.

Moni las das Gerede eines Franzosen vor: „Die Philosophie der Deutschen ist überhaupt dazu da, sie zu lehren, wie man es macht, nicht zu leben. Materialismus mit 6 fleischlosen Tagen! Nehmen Sie die Liebe! Das ist bei den Deutschen eine Gemütsbewegung! Andere Bewegung ist da kaum dabei."

Aha! Bewegung?

„Weißt du was?", sagte sie. „Brechts Franzosen hatten Recht. Wir Deutsche spinnen!"

„Echt?", sagte ich. „Ich bin zu einem Siddha-Yoga-Sesshin eingeladen."

Sie lachte laut auf, als ob ich etwas ganz Lustiges gesagt hätte.

„Also sind die Tschechen genauso wie die Deutschen", sagte sie. „Auch ihr habt den niedrigen Materialismus abgeschafft! Keine Freude mehr am schönen Rinderbraten!"

„Doch!", sagte ich und klopfte auf den Gulaschtopf. Aber da kamen wir schon in Starnberg an. „Nur wenn du dich auf Essen verstehst", sagte mir Moni zum Abschied, „ist die Kultur auf deiner Seite." Sie ging eine Freundin besuchen, ich die Yogis.

Papperlapapp! Dachte ich mir. Sicher verstehen sich die Deutschen auf Gulasch! Doch gleich in der Küche von Frau Schrammel erlebte ich einen Kulturschock: Nudeln über Nudeln! Eine Nudelorgie der gröbsten Sorte! Nudelsalat neben Nudelsalat! Verdammt! Wollten sich die Yogis heute zunudeln? Was aber das Schlimmste war: Kein verdammtes Stück Fleisch klebte an den Nudeln! Kein Speck! Kein winziger Hackfleischbrösel! Keine Spaghetti Bolognese! Nur Erbsen und Broccoli und anderes ekliges Gemüse! Ja, sag mal! Haben die alle Magenkrebs, oder was?

Meine Gastgeberin guckte in meinen Gulaschtopf. Die Knoblauchfahne trieb ihr Tränen in die Augen.

„Fleisch?", fragte sie.

Was sonst, verdammt? Wohl nicht Tofu!

„Wir sind alle Vegetarier!", sagte sie.

„Da ist auch Knoblauch drin!", sagte ich. „Und zwei Kilo Zwiebeln!" Angewidert stellte sie den Topf auf ein kleines Tischchen in der Ecke, damit das Gulasch die schwulen Nudeln auf dem großen Küchentisch nicht ansteckte. Die restlichen Yogis beglotzten mich, als hätte ich sie vergiften wollen.

„Fleisch behindert den Energiefluss zwischen den Chakren!", sagte ein Mann, der wie eine lebende Leiche aussah.

„Chakren?", fragte ich.

„Chakren sind multidimensionale Energie-Wirbel innerhalb multidimensionaler, hochenergetischer Energie-Körper des Menschen aus reinen Licht-Geometrien", sagte eine Magersüchtige.

„Alles klar!", sagte ich. Scheiße! Waren die Deutschen doch etwas zu geistig veranlagt? Ich komme mit Gulasch, und die fangen gleich mit multidimensionalen Energie-Wirbeln an! Zum Glück schlug der indische Guru unten im Meditationskeller den Gong. Doch an Glück hätte ich gar nicht denken sollen. Als ich nämlich die Treppe hinunterlatschte, verspürte ich im Bauch eine kleine Blähung, die schnell größer wurde. Nanu? Fangen die Gulaschzwiebeln und der Knoblauch bereits zu gären an? Unten warteten auf ihren Meditationskissen an die dreißig Leute. Mann, oh Mann! Warum bloß habe ich mich mit dieser Zwiebel- und Knoblauchbombe zugeknallt? Der Schneidersitz drückte meinen Darm zusammen, mit allerletzter Kraft konnte ich die Gase zurückdrängen, tief in meinen Bauch, wo sie sich in einer Darmblase zu konzentrieren anfingen. Jesses! Wozu ein Meditationskissen? Ich hatte Gas genug, um mich ein paar Stunden lang einige Zentimeter über dem Boden frei schwebend zu halten. Levitation, was, ihr Yogis!

Der dicke Guru tönte den Om-Laut an. Wir machten mit: „Ommmmm!" Vor lauter Freude, dass die Körperschleusen endlich geöffnet wurden – oben wie unten! –, begann mein Darm zu schlingern und sich zu schlängeln und zu wellen und zu wenden und trieb die Darmblase, die bereits zu einem kleinen Zeppelin angeschwollen war, im Sauseschritt zum Ausgang. Ich klappte den Mund zu und schickte einen resoluten Befehl an den Schließmuskel. Das Burgtor verteidigen! Nicht nachgeben! Damit keine Feinde entweichen! Zu spät! Die Gasblase riss den Schließmuskel auf wie ein Orkan, und in das herzergreifende „Om" der Yogi-Jünger donnerte mein „Bummmmm" hinein und fegte das „Om" davon. Die ganze Yogi-Sippe hörte auf, das Mantra zu singen. Und ich noch zweimal: „Bummmmm, Bumm!" Aller guten Dinge sind drei!

Mit Schreck in den Augen starrten mich die Chakristen an, nur der indische Guru lächelte kurz und sagte: „Bumm auch schön Mantra! In India wir machen mnjam, mnjam und dann bumm, bumm. Das höflich!"

Tja! Super *Esskultur*! Doch für Dankbarkeit blieb mir echt keine Zeit. Ich spürte wie sich in meinem Bauch eine neue Blase formte. „Entschuldigung!", rief ich, sprang auf und ließ mich zur Tür hinaus düsen. Mann, oh Mann! Ich trompetete mich die Treppe hinauf, bis ich ganz gasfrei war und im Haus wieder nur das innige „Om" von unten zu hören war. Wow! Was für eine Show hab' ich da wieder abgeliefert? Ne heiße Tschechenshow! Nach Pan Tau kommt der Pan Furz! Und daran war nur dieses verfluchte Gulasch schuld! Jetzt kralle ich mir den Topf und nichts wie weg hier! Ich ließ noch einen fahren, so dass die Küchentür aufflog und erlebte gleich einen neuen Schock. Am Tisch stand Moni, das Mädchen aus der S-Bahn. Misstrauisch beäugte sie den Nudelaufmarsch.

„Ah, da bist du ja", sagte sie. „Ist Mutter unten?"

„Deine Mutter?", fragte ich, doch meine Frage ging in einem gewaltigen „Om" unter, das von unten heraufdonnerte. Mein Bauch blähte sich sofort wieder auf. Jetzt durfte ich nicht reden, sonst würde ich auch Moni zufurzen. Ob sie so viel *Esskultur* vertragen würde?

„Mann bin ich hungrig!", sagte Moni und beglotzte trau-
rig die Nudeln. „Leider ist Mutter seit letztem Jahr eine
militante Vegetarierin."
„Magst du Gulasch haben?", fragte ich.
„Gulasch?", fragte sie. „Mensch! Du hast Gulasch?"
„Jammmmm!", sagte ich und zeigte ihr das duftende
Töpfchen. Deine Mutter wollte's wegschütten."
„Oh, Gott, oh Gott!", rief Moni, packte den Topf und stel-
lte ihn auf den Ofen. Nach einer Viertelstunde hockten
wir über den Topf gebeugt auf Strohmatten unten am See
und löffelten und löffelten.
So konnte ich diese Geschichte doch noch mit Bertolt
Brecht beenden: „Wir saßen auf den strohgeflochtenen
Matten im Garten eines der köstlichen alten Landhäuser
in der Umgebung von München." Ich war glücklich! Die
Deutschen verstanden sich auf Gulasch! Die Kultur war
auf ihrer Seite.
„Mnjammmm!"

Der gefährlichste Cunnilingus meines Lebens

Mein Chauffeur Professor Geishauser setzte sich seine Chauffeurmütze auf, öffnete mir die Autotür – und ab ging's nach Prag auf die Buchmesse. Draußen veranstaltete die Sonne eine heiße Frühlingspremiere, also erlaubte ich Thomas, die Chauffeurmütze abzusetzen. Er ließ den Tacho in den Adrenalinbereich springen, und ich las auf dem Nebensitz in einer deutschen Kulturzeitschrift einen Artikel über die Kommunikation zwischen den Geschlechtern: „Was ist Cunnilingus?", fragte ich.

„Das Reizen der weiblichen Geschlechtsorgane mit der Zunge!", sagte der Professor. Langsam glaubte ich ihm den Titel. Der Mann kannte sich echt aus mit Fremdsprachen.

„Ach so!", sagte ich. „Mösenlecken? Warum schreiben sie's dann nicht gleich?"

„Die sind halt gebildeter als du!", sagte Thomas. „Was liest du da?"

„Interessante Sachen! Hast du gewusst, dass Frauen untereinander viel mehr über Sex reden als Männer?"

„Und wovon reden wir zwei die ganze Zeit?", sagte er.

„Wir sind eine Ausnahme, welche die Regel bestätigt!"

„Blödsinn!", sagte der Professor.

„Ich hab auch ein Buch über Alpha-Tiere gelesen", sagte ich. „Pass also auf!"

„Vielleicht sollten Männer mit Frauen über Sex reden!", sagte Thomas. „Statt übers Wetter und ähnlichen Blödsinn."

„Ein CSU-Mitglied hat mir erzählt, dass nur perverse Männer mit Frauen über Sex reden!", sagte ich. „Wenn ich jetzt anfange, Frauen mit Sex vollzulabern, steckt

man mich in die Klinik wie den Oskar Panizza! Der hat ja auch nur ein Drama über kannibalische Sitten in Bayern geschrieben. Dabei ist der Kannibalismus heutzutage anständiger als eine Erektion. Hannibal der Kannibale kann ruhig Menschenfleisch fressen, ein von einem Psychopathen aufgeschlitzter Bauch ist ARD-kompatibel, aber einen anständigen Ständer traut sich immer noch kein ernst zu nehmender Regisseur zu filmen. Und in diesen kannibalischen Zeiten willst du mit Frauen über Sex reden?"
„Trotzdem müssen wir für eine neue Gesprächskultur zwischen Frau und Mann sorgen!", sagte der Professor.
In Prag angekommen eilten wir gleich zu einem Bier- und Blutwurstschmaus mit anderen deutschen Autoren im Restaurant Olympia. Vom Rand unseres Restauranttisches lachte uns der berühmte deutschsprachige Autor Ilja Trojanov an. Als ein frisch geschlüpftes Alphatier überließ ich Ilja Trojanov dem Professor, damit er mit Ilja über seinen letzten Roman reden konnte und hockte mich auf den letzten freien Platz in der Mitte des Tisches, direkt zwischen vier verdammt intelligent ausschauende Weiber. Worüber sollte ich aber mit so intelligenten Frauen reden, verdammt? Meinen letzten Roman kannte keine Sau! Trotzdem hatte mich Jana vom Goethe-Institut als den deutschen Schriftsteller schlechthin vorgestellt. Gleich hingen die Frauen an meinen Lippen. Die haben von mir wohl Aphorismen von Schopenhauerschem Ausmaß erwartet! „Super Wetter!", sagte ich.
Die Hübscheste der Vier riss im Ansturm dieser Weisheit weit ihre Augen auf.
Als Alphatier und Aufreißer von Gottes Gnaden legte ich noch einen brutal coolen Spruch nach: „Wie heißt du?", fragte ich sie.

„Nadja!“

„Echt? Mein erster Hund hat auch Nadja geheißen.“

Trotz Hund und Wetter warteten die Damen ungeduldig auf ein Bonmot von mir. Da war aber nix! In meinem Hirn herrschte Trockenheit und Öde! Welches Thema sollte ich noch anschneiden, verdammt? Mein Lieblingsthema Sex? Nö! Frauen reden wohl mehr über Sex als Männer, aber nur untereinander. Ich konnte doch die jungen Damen beim Knödelessen nicht mit Lutschen und Blasen in die Defensive treiben! Schlau gab ich den Ball weiter an sie. „Ich hab’ gelesen“, sagte ich, „dass Frauen untereinander mehr über Sex reden als Männer! Stimmt das?“ Aha! Die jungen Tschechinnen kamen ins Grübeln. „Das stimmt schon!“, sagte Nadja schließlich und kickte den Ball zurück: „Wie ist es eigentlich bei euch Männern? Redet ihr auch über Sex?“

„Morgen soll das Wetter auch schön sein!“, sagte ich.

„Red’ dich nicht raus!“, sagte Iva. „Sprechen Männer untereinander über Sex oder nicht?“

„Manchmal?“, sagte ich.

„Und was beredet ihr so?“, fragte Nadja. Mist! Warum hab’ ich mit diesem blöden Sex-Thema bloß angefangen?

„Also …“, sagte ich, „einmal haben mir die Bullen in der sozialistischen Tschechoslowakei die Nase gebrochen!“

„Und wo ist der Sex dabei?“

„Na, ich musste mir die Nase wieder richten lassen!“, sagte ich schlagfertig. „Die Ärztin hat mich auf dem Operationstisch anschnallen lassen, schob mir einen Eisenstab in die Nase und versuchte, sie anzuheben. Erst nach einer halben Stunde Kampf gelang es ihr, meine Nase in die ursprüngliche Position zu setzen. Nachdem die Nase gerichtet war, setzte die Ärztin sie in Gips und sagte:

‚Passen Sie auf, dass Sie damit nicht irgendwo anstoßen, bevor die Nase wieder festgewachsen ist. Ich weiß nicht, ob wir das Stück noch mal auf seinen angestammten Platz bekommen.“

„Das ist eine ziemlich öde Sexgeschichte!“, sagte Nadja und stand vom Tisch auf. „Ich muss Ilja Trojanov etwas fragen.“

„Um Mitternacht kam meine Freundin Amelie von der Nachmittagsschicht“, sagte ich und Nadja setzte sich wieder hin. „Amelie weckte mich“, laberte ich fort: „ ‚Was hast du dir ins Gesicht geklebt?‘, fragt sie mich. ‚Ne Gipsnase!‘, sagte ich. ‚Die Nase schaut echt geil aus!‘, sagte Amelie und wollte, dass ich mich auf sie lege! Meine Nase törne sie voll an, sagte sie, wenn ich auf ihr liege, komme es ihr vor, als ob sie mit ’nem Zombie vögeln würde.“

„Echt?“, fragte Nadja und lachte laut auf. Die anderen Freundinnen des Goethe-Instituts im Restaurant Olympia hörten mir jetzt mit offenen Mündern zu.

„Ja!“, sagte ich. „Ich musste aber verdammt aufpassen, dass mit der Nase nix passiert! Doch plötzlich mittendrin im Vorspiel zieht mich Amelie nach unten. Direkt in die Bärenhöhle! Verdammt! Wie sollst du da unten – beim Ansturm der weiblichen Körperteile – deine Gipsnase schützen? Schön vorsichtig machte ich mich also ans Werk. ‚Weiter machen, weiter so!‘, ächzte Amelie, und so machte ich mit der Zunge weiter, und schwenkte meinen Kopf hin und her, nach links und rechts und nach oben, immer in eine andere Richtung als in die, in die sich der Frauenkörper wellte, um meine Nase aus der Gefahrenzone zu halten. ‚Weiter machen, weiter so!‘, kreischte Amelie, und ich kurbelte meinen Kopf herum und drehte Achter an meinem Hals: ‚Weiter so! Ja! Nicht aufhören!‘,

70

aber ich wollte ja auch gar nicht mehr aufhören, sogar meine Gipsnase fand Gefallen am Todesspiel, sie wusste, es gibt kein Entrinnen vor der Erlösung, und so machte ich weiter, meine Zunge flatterte mitten im Fleischwirbel wie ein Schmetterlingsflügel, meine Gipsnase ragte zwischen Amelies Schenkeln hervor, stand über ihrem Bauch, weiß strahlend wie ein Leuchtturm! Auch als das große Beben bei Amelie kam, auf ihrem Höhepunkt, als sie versuchte, mir die Nase aus dem Gesicht zu kicken, mit den Knien, mit den Schenkeln, mit den Fersen, auch da weichte die Nase immer wieder im letzten Augenblick vor dem Bruchhammer aus, flinker als ein Wiesel, während sich meine Zunge mit aller Kraft bemühte, Amelie noch über den Mond zu schießen, auf den Mars, auf die Venus, ins Paradies! Sogar als Amelie in einer Konvulsion ohnegleichen meinen Nacken in die Schere packte, in den Schenkelschwitzkasten, machte ich weiter, ich verrenkte mich wie ein Schlangenmann dabei, lieferte mich dem Henker aus, jetzt noch ein Angström weiter die Drehung und mein Hals würde brechen wie ein Glückskeks, geopfert auf dem Altar ihrer Befriedigung!"

He? Ich hielt inne in meinem Monolog und sah, dass die Frauen am Tisch mich nicht mehr mit aufgerissenen Augen anguckten, sondern von einem kosmischen Lachanfall geschüttelt wurden. Ich erschrak! Mann! Was hab' ich Depp den Frauen jetzt erzählt? Aber sie lachten weiter, und so krallte ich mir mein Bierglas und putzte das sahnige Pilsner Urquell weg.

In der Nacht trotteten Professor Geishauser und ich zurück zum Hotel. „Womit hast du die Frauen so zum Lachen gebracht?", fragte er.

„Ich hab' ihnen nur erzählt, wie ich mal 'ne Gipsnase trug und dabei die Geschlechtsorgane meiner Freundin Amelie mit der Zunge reizen musste!"

„Was?", prustete Professor Geishauser los. „Du bist echt
verrückt!" Und in diesem Moment wurde mir klar, dass
ich eine große Hürde auf dem Weg zur reibungslosen
Kommunikation zwischen der Frau und mir überwunden
hatte.
Gleich neben unserem Hotel bewarb eine Bierkneipe
„Radegast" – das herbe Bier meiner mährischen Heimat:
„Herb wie das Leben!" Wir kehrten dort auf einen Ab-
sacker ein, um uns mit einem schönen Gespräch über
Sex auf die anschließenden Träume vorzubereiten.

Die Auferstehung

Ach! Ist das nicht schön, wieder mal in der Kneipe meiner mährischen Heimatstadt Schamberg zu sitzen? Kein Stress mit ganzheitlicher Ernährung wie in München. Kein Yoga und kein Tai Chi! Ich muss nicht weise mit dem Kopf nicken, wenn mich Frauen über vierzig mit ihren Schutzengeln bekannt machen wollen. Hier ist Gott für immer tot! Hier überleben nur die irrsinnigen Geschichten der mährischen Kneipenphilosophen.

„Das Leben findet seine poetische Vollendung im Mythos", sagte der Steinmetz Alfons und hob sein Schnapsglas gen Sonne, die durchs weit geöffnete Fenster in die Kneipe strahlte. Die am Sliwowitz gebrochenen Sonnenstrahlen brachten seine Augen zum Blinzeln. Das Schnapsstrahlenspiel! Alfons lachte. „Wenn der Sliwowitz gut ist, siehst du darin den Regenbogen! Das ist Optik, ihr Ochsen! Newtons Optik! Gegen die ist Goethes Farbenlehre esoterischer Scheißdreck!" Er schnupperte genießerisch an dem Obstler. „Ich muss saufen, sonst werdet ihr Newton nie verstehen!" Er kippte den Schnaps hinunter und schnalzte mit der Zunge vor Wonne. Der Sliwowitz schoss Spirit in seine trüben Augen und bescherte seinem Gesicht einen nahezu philosophischen Ausdruck. Endlich hatte Alfons Newton seinen Tribut gezollt und konnte seinen religionsgeschichtlichen Vortrag über das Wesen des Mythos fortsetzen: „Im Leben passieren ständig Dinge, die von Generation zu Generation weitergegeben und immer mehr verdichtet werden. Bis sie irgendwann einen Mythos entstehen lassen und somit ein bedeutungsträchtiges Symbol. Das ist der Schmetterlingseffekt der Religionsgeschichte, ihr ungebildeten Deppen, ihr! Beim Zelten vor Jericho lässt

Josua einen fahren, und ein paar Hundert Jahre später schreibt man in der Bibel über das Dröhnen der Posaunen, das Jerichos Mauern zum Einsturz brachte. Schaut euch nur den anderen Jesus an! Und seine Auferstehung! Ich selbst habe eine ähnliche Geschichte erlebt. Wer weiß, was unsere Familie sich nach ein paar Generationen darüber erzählen wird. Noch einen Sliwowitz!", brüllte er plötzlich und redete weiter: „Mit dreizehn bekam ich endlich einen Hund. Auf Garyk musstest du aber höllisch aufpassen! Unser Nachbar, der Bock, züchtete und pflegte in seinem Hof alles mögliche Getier. Klar wollte Garyk mit den ganzen Kaninchen und Hühnern des Nachbarn spielen. Bocks Wachhund war größer als mein Garyk, doch Garyk war echt brutal und hat den Hund des Nachbarn einmal arg zugerichtet. „Sollte noch mal so was passieren", sagte mein Vater zu mir, „müssen wir deinen Hund einschläfern lassen." Und kurz darauf schnappte mich Bock im Garten. „Wenn ich deinen Hund bei mir erwische", drohte er mir mit der Faust, „seid ihr beide dran!"
Ich dachte, die Fleischeslust machte meinen Hund so wild. Sollte ich aus ihm also nicht besser einen Vegetarier machen? Und das ist mir tatsächlich gelungen! Mein Garyk fing an, Äpfel zu fressen! Leider schmeckten ihm nur ausgefallene Sorten. Und leider züchtete der Bock in seinem Garten gerade solche. Wollte für sie im Herbst auf der Ausstellung *Der sozialistische Garten* eine Goldmedaille bekommen. Kleine Bäumchen mit jeweils zwei drei Stücken Obst. Prächtige Schauäpfel! Groß wie Melonen!
Einmal ist Garyk dann doch wieder über den Zaun zum Nachbarn gesprungen und hat sich die Ausstellungsstücke vorgenommen. In jeden Apfel biss er aber nur einmal, der blöde Hund! Irgendwie wollte er all die Pracht-

74

äpfel abschmecken. Der Bock hat geheult wie ein Wolf. Die Goldene Medaille des sozialistischen Gartens im Arsch! Zum Glück konnte sich keiner so richtig einen vegetarischen Hund vorstellen. Klar hat Bock mich verdächtigt, aber meine Mutter sagte resolut: „So blöd, jeden Apfel einmal anzubeißen, ist nicht mal unser Alfons. Das muss jemand anderer gewesen sein."
An einem Samstag haben wir einen Ausflug gemacht. Damit nichts Schlimmes passieren würde, habe ich Garyk an seine Bude gekettet. In der Nacht sind wir zurückgekehrt. Ich laufe gleich zu Garyks Bude hinten im Hof. Aber Garyk ist weg. Er hat sich von der Kette befreit wie David Copperfield. Jesus Christus! Was hat der Hund wohl heute alles angestellt? Ich drehe mich um, und plötzlich taucht vor mir im Mondschein Garyk auf. Im Maul schleppt er den toten Hund des Nachbarn. Verdammt! Mein Hund hatte Bocks Alik kaltgemacht! Garyk schmiss mir die Hundeleiche vor die Füße, knurrte und guckte mich stolz an. Scheiße! Jetzt wird uns der Bock auch umbringen! Sein toter Hund war arg verdreckt, als hätten die beiden im Schlamm gekämpft. Ich zögerte nicht, packte Alik, lief mit ihm in den Keller unseres Hauses – in die Waschkammer – und schrubbte ihn sauber. Vorsichtig kletterte ich über den Zaun von Bocks Garten und legte den gewaschenen Alik auf die Treppe des Nachbarhauses. Vielleicht würde sich Bock denken, ein Herzschlag habe seinen Hund erwischt, oder der Hund sei eines anderen natürlichen Todes gestorben.
Was ich aber am nächsten Tag erlebt habe, hat meine Meinung über die Religion für immer geändert. Wie nahezu jeden Morgen rauchten mein Vater und Bock an unserem Zaun eine Zigarette zusammen. ‚Die Welt ist voller Wunder!', sagte Bock zu meinem Vater. ‚Gestern Nachmittag ist mein Hund gestorben – wohl an einem Hühner-

knochen erstickt. Ich habe Alik gleich hinterm Haus begraben, aber heute in der Früh liegt er wieder auf unserer Treppe. Und sauber wie ein Engel, keine Spur von der Erde, in der er doch vergraben war – als ob er mich noch das letzte Mal direkt aus dem Himmel besuchen wollte. Ja, ist das nicht ein Wunder?' Somit hat mein Hund Garyk den Grundstein zu einem neuen Mythos gelegt. Sogar an den Papst schrieb Bock einen Brief, um zu fragen, ob die Auferstehung seines Hundes ein echtes Wunder gewesen sei."

Alfons hielt inne und schnappte sich das zweite Sliwowitzglas. „Komm rein und schade nicht!", sagte er, kippte den Schnaps hinunter und spülte mit Bier nach.

Auch ich trank von meinem Pilsner Urquell. „Ist dir die Geschichte mit dem Hund echt passiert, Alfons?", fragte ich. „Ich kenne die aus Deutschland in etlichen Varianten. Mit Hunden, Katzen … in einem deutschen Film erlebt sogar ein toter Haushase eine solche Auferstehung …"

„Siehst du!", sagte Alfons. „So läuft es ja mit dem Mythos. Überall auf der Welt finden jetzt solch getrickste Haustierauferstehungen statt, und in ein paar Hundert Jahren haben wir hier 'ne fette Haustierreligion – mit dem auferstandenen Hamster als Gottessohn. Das hängt sicher mit der Klimakatastrophe zusammen. Und mit dem Aussterben der Tierarten in der freien Wildbahn. Die Menschen spinnen halt!"

Erst um Mitternacht schmiss uns der Wirt aus der Kneipe. Auf dem Heimweg hielt Alfons auf seiner Brunzbrücke an – auf der Fußgängerbrücke über unserem Fluss, der Ondrejnice. Der Mond und der klare Sternenhimmel beleuchteten unsere Eisenbrücke besser als jede Straßenlampe. Um den Fluss herum die Häuser der Nachbarn. „Wollen wir nicht da drüben am Ufer ins

Gebüsch pieseln?", fragte ich.

„Was?", brüllte Alfons, holte seinen Schwengel heraus und steckte ihn zwischen die Eisenstäbe des Brückengeländers. „Die Ondrejnice fließt in die Oder!", kreischte er. „die Oder in die Ostsee, und die Ostsee ist ein Teil der weltumspannenden Ozeane! Ich bin kein Hund, verdammt noch mal, um beim Pissen einen Busch zu markieren. Wenn ich pisse, markiere ich die ganze Welt!"

Wir ließen unseren Strahl in einem weiten Bogen in den Fluss rieseln und guckten in den Sternenhimmel dabei. So wie's der aufrechte Mann beim Brunzen im Freien nun mal tut. Spätsommer – das Sternbild des Delfins strahlte vor meinen Augen, und somit schloss sich für heute der mythische Kreis mit dem Delfin, der Arion, dem Sohn von Poseidon, bei seiner Auferstehung half. Der Abend mit Bier war recht lang gewesen, ich schiffte und schiffte – etwa eine Viertelstunde lang – und plötzlich hörte ich Arions traurige Lyraklänge, mit denen er die Delfine zur Hilfe gerufen hatte, bevor er sich ins Meer stürzte. Die Lyraklänge wurden erst durch Alfons' Kotzschreie unterbrochen. Er reiherte von der Brücke direkt in den Fluss, um die Eroberung der Weltmeere endgültig zu besiegeln. Und das war auch – zumindest an diesem Tag – das Ende aller Philosophie.

Wer zu früh kommt, den bestraft das Leben

Das Restaurant *Zur Erdachse* im mährischen Schamberg ist eine Oase inmitten der Wüste der Wirtschaftskrise, ein aufgeschlagener Stammtischgedichtband, ein Traktat der Kneipenphilosophie – kurzum: der Heilige Brunnen der Illusion!

„Lada ist reif für die Klapse!", sagte Alfons und nickte zu der hübschen Kellnerin Lada, die gerade Bier an die Durstenden verteilte. „Sie hat irgendeinen bescheuerten Workshop für angehende Geistheiler und Geistheilerinnen besucht – um politisch korrekt zu bleiben –, und jetzt will sie mir ständig einreden, dass ich krank bin und mich von ihr behandeln lassen muss." Alfons unterbrach seine Tirade, da Lada unseren Tisch angesteuert hatte. „Das Pilsner Urquell schmeckt heute wie Gurkenwasser", sagte er und reichte ihr sein halb geleertes Bierglas! „Bring' mir besser auch Radegast!"

„Vielleicht hast du die Zuckerkrankheit!", sagte Lada. „Da schmeckt man nicht richtig!"

„Na, wenn du Süßes magst, kannst du mich ja …", sagte Alfons, aber bevor er seine ungeheuere Beleidigung loswerden konnte, jagte Lada schon zum Ausschank. „Von wegen Zuckerkrankheit!", sagte er. „Ein ganzes Fass Pilsner Urquell kann ich doch nicht in zwei Tagen allein schaffen. Ihr Proleten trinkt das billige Radegastbier, und das gute Pilsner Urquell versauert. Wo ist Lada so lange damit? Meine Alte wartet auf mich!"

„Donnerstag ist der Liebestag, oder?", sagte Pepa.

„Heute musst du wohl deine Ehepflichten erfüllen?"

„Bei Alfons gibt's Bescherung nur an Weihnachten!", sagte Jenda.

„Quatsch!", sagte Alfons. „Heute lassen wir's im Bett

krachen! Wenn ich mich ausziehe, betet mich meine Frau an wie den jungen Adonis!"

„Wie kannst du deine Ehepflichten erfüllen, wenn du dich hier vorher so zusäufst?", fragte Milena.

„Im nüchternen Zustand leide ich an *ejaculatio praecox*!", sagte Alfons. „Dem so genannten vorzeitigen Samenerguss. Doch wer zu früh kommt, den bestraft das Leben! Meine Frau hat mich deswegen immer Liegestütze machen lassen. Bis ich festgestellt habe, dass der Alkohol das beste Orgasmusverzögerungsmittel ist, das es gibt! Um meine Frau zu befriedigen, muss ich mir halt immer etwas Verzögerung ansaufen!"

„Ach, ihr Männer!", sagte Milena. „Als wir Frauen uns im Paradies an den schönen Äpfeln der Erkenntnis von Gut und Böse vergangen hatten, hat uns Gott zu hart bestraft: Er hat uns unsere Nacktheit erkennen lassen und somit auch unsere Lust am Sex!"

„Na, das ist doch keine Strafe!", sagte Alfons. „Sex ist was Gutes!"

„Das hängt von dem Sexpartner ab!", sagte Milena. „Uns hat Gott den Mann zugeteilt, damit er uns sexuell befriedigt. Das ist, wie wenn man aus einem Tauben einen Musiker machen möchte. Der Mann als Sexpartner war die wahre Strafe Gottes für unser Vergehen!"

„Das gilt nur für die Abstinenzler!", sagte Alfons. „Der Alkohol ist nicht nur gut gegen den vorzeitigen Samenerguss, sondern auch das einzige Aphrodisiakum, das wirklich funktioniert! Wenn ich aus der Kneipe heimkomme, läuft meine Frau nur im verführerischen Negligé rum. Sie weiß, was für sie gut ist. Kleine Mengen Alkohol erhöhen den Testosteronspiegel, und das Hormon Testosteron ist für unseren Sexualtrieb verantwortlich!"

„Was sind aber die kleinen Mengen?", fragte ich.

„Bei mir sechs Halbe!", sagte Alfons.

„Nach sechs Halben kriegst du nicht mal die Hand hoch, du Sexperte", sagte Milada. „Ganz zu schweigen von den anderen Organen."

„Die optimale Alkoholmenge ist bei jedem anders", sagte Alfons. „Und eine recht knifflige Sache! Dein eigener Promillefickbereich! Du musst halt so viel saufen, dass du erst nach zwei Stunden kommst, aber so wenig, dass dein Ding die ganzen zwei Stunden auch hart bleibt wie Kruppstahl. Nach zwei Stunden vögeln am Stück wird meine Alte so rasend, dass sie dabei Gedichte von Else Lasker-Schüler rezitiert:

„Jüx! Wollen uns im Schilfrohr
Mit Binsen aneinander binden
Und mit der Morgenröte Frühlicht
Den Süden unserer Liebe ergründen!"

„Meine Frau ist noch schlimmer!", sagte Jenda. „Ihr wisst, sie ist Deutsche! An ihrem Höhepunkt fängt sie immer an, ein Lied von diesem deutschen Popsänger zu singen, wie heißt der nur … ah, Herbert Grönemeyer! Ist das nicht pervers?"

„Das ist normal!", sagte ich. „Dass eine Frau dabei Lieder von Grönemeyer singt – holländische Wissenschaftler haben unlängst herausgefunden, dass Frauen während des Orgasmus weite Teile ihres Gehirns ausschalten."

„Und Männer nicht?", fragte Milena.

„Beim Mann kann man das gar nicht messen", sagte ich, „weil sein Orgasmus zu kurz ist!"

„Dann ist alles klar", sagte Alfons. Unglücklicherweise gerade als Lada ihm sein Bier brachte. „Weil der Orgasmus bei der Frau viel länger dauert als beim Mann, braucht sie ihn nicht so oft."

„Du alter Chauvi!", sagte Lada und kippte ihm die Hälfte

seines neuen Biers in den Schoss.

„'tschuldigung!“, sagte sie und lächelte verzückt.

„Verdammt!“, sagte Alfons. „Und direkt in den Schritt! Das war Absicht, meine Dame! Jetzt kann ich doch nicht nach Hause gehen. Sonst würde meine Alte denken, ich hätte mich vollgepisst. Bis die Hose eintrocknet, muss ich in der Kneipe bleiben und Bier trinken. Na ja, nach acht Halben kann ich die ganze Nacht. Da wird meine Frau heute einen kosmischen Orgasmus kriegen. Die Tantraflut!“

„Alfons!“, brüllte plötzlich eine weibliche, aber brutale Stimme vom Eingang. In der darauf folgenden Stille konnte man einen Tropfen Bier vom Zapfhahn bei seiner Begegnung mit der Blechtheke hören – patsch! „Ja, spinnst du?“, kreischte Alfons' Frau weiter. „Ich hab dir doch gesagt, du musst heute Abend auf unsere Enkelkinder aufpassen! Hast du vergessen, dass ich zu meiner Mutter fahre? Ich bin schon unterwegs zum Bus, und der alte Trottel hockt in der Kneipe!“

„Ich gehe schon, Schätzchen!“, rief Alfons, hüpfte hoch, steckte Lada einen Geldschein zu und lief davon. Etwas verdutzt guckten wir ihm nach. Von draußen kam durchs Fenster der Rest der Schimpfkanonade: „Mein Gott! Hast du dir wieder in die Hose gemacht? Du solltest zum Arzt gehen und dir ein neues Ventil machen lassen!“

„Lada hat mir Bier auf die Hose geschüttet!“

„Immer diese Lügen!“, kreischte Alfons' Frau, ihre Stimme aber wurde leiser und leiser.

„Doch kein Sex für Alfons heute!“, sagte Pepa. „Babysitting! Schade!“

„Habt ihr gesehen, wie der torkelt?“, sagte Lada. „Der hat keinen Gleichgewichtssinn mehr. Das ist sicher Schilddrüsenüberfunktion! Den muss ich mir mal angucken!“

„Eher Suffüberfunktion!“, sagte Milena.
„Wohl beides!“, sagte Lada. „Wollt ihr noch eine Runde?“
„Klar!“, sagten wir einstimmig. Nach Hause wollten wir
noch nicht. Die Zeit war ja noch nicht reif dafür. Wer zu
früh kommt, den bestraft das Leben.

„Ich möchte Rentner sein",

sagte ich den Erwachsenen mit sieben, wenn sie mich nach meinem angestrebten Beruf fragten. Freilich denkst du mit 51 anders. Mit Rentnern willst du da nichts mehr zu tun haben! Dass du selbst nicht mehr so schlank bist wie früher, geht dir am Arsch vorbei. Wenn du deinen Zipfel noch von oben über den Bauch siehst, ist keine Schlacht verloren. Nur musst du den Bauch dabei etwas einziehen, aber das tue ich in der Sauna sowieso. Das hat mir eine Bekannte beigebracht. „Mensch!", hatte Birgit damals in der Sauna gesagt. „Schau dir die Kerle hier an! Solche Wampen, und die Typen strecken sie noch heraus, als sei die Wampe eine Auszeichnung!" Ansonsten hab' ich aber mit 51 keine Komplexe mehr. Muss nicht wie früher mein Selbstwertgefühl mit fünf Litern Bier steigern. Jage nicht mehr durch die Clubs nach irgendwelchen Weibern, um sie dann stunden-, ja tagelang zu sinnlosen Tätigkeiten mit Katerfolgen zu überzeugen. Trotzdem habe ich jetzt mindestens einmal am Tag Sex. Die Masturbation hat sich in der modernen Gesellschaft dank der Verschiebung des Realen zum Medialen von einer „Ersatzbefriedigung" zur eigenständigen Sexualform gewandelt. Das schreibt jetzt sogar das *Spektrum der Wissenschaft*. Nichts Neues für mich! Ich wusste schon immer, dass Onanie die Vision für das dritte Jahrtausend ist. Noch vor 200 Jahren galt die Selbstbefriedigung als eine der Hauptursachen für viele Geisteskrankheiten und körperliche Gebrechen. Und jetzt! Im dritten Jahrtausend sind wir alle am Wichsen, statt uns durch Safersex oder unbefriedigte Seufzer der Partnerin deprimieren zu lassen, und es geht uns super! Schaut euch die Pfaffen und Bischöfe an, wie sie die ganze Zeit lachen. Auch der

Papst ist immer gut drauf.

In die Sauna gehe ich als freischaffender Künstler vormittags. Eben wegen der Rentner. Am Vormittag ist die Sauna voll davon, und so kannst du neben den nahezu explosiven Fleischwülsten und hängenden Körperlappen den Einäugigen unter den Blinden spielen und so dein Selbstwertgefühl noch zusätzlich steigern. Hin und wieder entlockst du einer rüstigen Rentnerin sogar einen interessierten Blick. So guckt dich draußen keine junge Frau mehr an! Kurz gesagt: Mit 51 bist du am Vormittag in der Sauna des Ottobrunner Phoenixbads ein toller Hecht.

Trotz der frühen Rentnerstunde wand sich an einem Mittwoch im letzten Sommer unter der Saunadusche neben mir eine etwa vierzigjährige Dame. Ganz schön durchtrainiert! Sie warf einen Blick auf mich. Wie gesagt, jage ich den Weibern nicht mehr nach, doch sollte mich eine fragen, würde ich niemals nein sagen, das ist klar, dafür bin ich Gentleman genug. Also machte ich unter dem Ansturm des Blicks der nackten Sportlerin sofort meine Sauna-Chi-Gong-Übungen: atmete tief ein, um das Brustvolumen zu verdoppeln und presste mit Hilfe einer komplizierten taoistischen Technik meine Bauchfettringe zwischen die inneren Organe, vor allem zwischen die Darmwindungen, wo manchmal echt Platz genug ist, wenn du dich vor dem Saunagang nicht voll gefressen hast! Behutsam rollte ich also das Bauchfett in die Lücken zwischen die Dünndarmstränge. Dabei musst du höllisch aufpassen! Nur ein Augenblick fehlender Konzentration, und bumm! Schon donnert es durch die Saunalandschaft! Dann ist es vorbei mit dem Flirten.

Fünf Minuten später latschte ich in die Saunakabine, und da saß sie wieder – die knackige Vierzigerin. Ganz allein! Mit einem teuflischen Grinsen guckte sie mich an. Wie

Hillary Clinton den Barack Obama! Als wolle sie mir ein Angebot machen. Und ich sofort wieder Chi-Gong: Brust aufblasen, Fettringe zwischen die Darmschlingen rollen. Nach etwa drei Minuten hörte ich plötzlich. „Bist du schwul?“

„He?“

„Na, du bist heute der einzige Mann hier, der mich nicht beglotzt!“

„Keine Zeit dafür!“, wollte ich sagen. „Ich muss mich ja mit meinem eigenen Körper beschäftigen!“ Sagte aber: „Am Vormittag ist hier Rentnerzeit! Manch einer will halt noch mal im Leben einen schönen Blick erhaschen!“

„Danke fürs Kompliment!“ sagte sie.

„Wie kannst du’s dir leisten, schon in der Früh in der Sauna zu hocken?“ fragte ich.

„Ich bin auch Rentnerin!“, sagte sie.

„Echt?“, fragte ich. „Schon mit 30?“

„Du bist aber nett!“ sagte sie. „Ich bin 65!“

„Glaube ich nicht!“ sagte ich. Mann! 65? Mit diesem wunderschönen Körper? „Ich würde dich gern auf ein Weißbier einladen!“ sagte ich. „Blöderweise hab’ ich aber unlängst in dem Buch *Der perfekte Verführer* gelesen, dass eine Frau vor dem Mann die Achtung verliert, wenn er ihr die Getränke zahlt.“

„Dann lade ich dich ein!“ sagte sie. „Ich habe keine Angst, dass du vor mir die Achtung verlierst!“ Ich wusste zwar nicht, ob ich’s gut oder schlecht finden sollte, stand aber auf und kam mit.

Nach einer kurzen Dusche holten wir uns oben im Saunarestaurant zwei Weißbiere und hockten uns damit in den Saunagarten. Mit Helga lief alles so locker, dass ich nach Jahren ohne stressiges Rumbalzen sogar zu überlegen anfing, ob ein bisschen Stress doch wieder mal ganz gesund wäre. Wir redeten über alles Mögliche: Marquise de Sade,

Angela Merkel … doch gerade als wir beim Rauchverbot anlangten, tauchte der Muskelprotz auf. Nackt, wie's halt in der Saunalandschaft üblich ist! Ein Mann wie aus dem *Playgirl*: Schon mit seinen etwa 30 Jahren hatte er mehr Haare auf der Brust, als ich je zu bekommen hoffte. Schwarzhaarig! Körper wie aus Stein gemeißelt. Angesichts dieses Mannsbildes kam ich mir wie Peter Gauweiler vor. Mann! „Da bist du ja, Helga!" sagte er und gab ihr einen Kuss auf die Lippen. Von seiner Penisspitze hing ein großer Ring runter – wie von den Nüstern eines Ochsen. Sicher kettete ihn Helga am Abend an. „Muss leider gehen!", sagte sie zu mir und stand auf.

„Ich wollte sowieso etwas schlafen", sagte ich und streckte mich behaglich auf der Saunaliege aus. Die Sonnenstrahlen massierten meine Wangen. Ja! Die Sonne ist die wahre Rentnerbraut. Sie haut jeden Abend ab, taucht aber am nächsten Morgen wieder auf. Ich schloss die Augen.

„Schlaf dich schön!", sagte Helga. Bereits im Halbschlaf hörte ich den Affen zu ihr sagen: „Was wollte der Opa von dir?" Helga lachte, bis ihr Lachen in einem schönen Traum verschwand.

Erst der Saunameister riss mich aus dem Traum. „So können sie hier nicht schlafen!" sagte er. Ein paar Rentnerinnen auf den Liegen um mich herum kicherten. Was war da los? Ich guckte an mir runter und sah, dass mir der Schönheitsschlaf einen schönen Ständer beschert hatte. Schnell legte ich mir das Handtuch über den Schoß. So schloss sich der Kreis wieder mal zu einem Symbol: Zu der hochragenden Mariensäule der leidenden Kirchenmänner, zum Mahnmal der Unschuld, aus der du dich in der schönen neuen virtuellen Welt und jenseits der fünfzig allein befreien musst. Ein schöner Ständer! Wahnsinn! Ich war noch brutal jung! So mit 51!

„Glaube, was du siehst",

sagte der Steinmetz Alfons. „Ich bin Atheist und Rationalist!" Wir hockten an unserem Stammtisch im Restaurant „Bei der Erdachse" und diskutierten über die Existenz Gottes.

„Der Glaube an das Sichtbare ist auch nur ein Glaube und somit Religion", sagte der katholisch infizierte Jurek. „Was aber wenn die Welt ganz anders ist, als wie du sie siehst. Du bist genauso ein Gläubiger wie ich!"

Alfons hob sein Glas mit Pilsner Urquell hoch und gurgelte sich eine Menge Inspiration durch die Kehle. „Hier muss ich Karl Popper zitieren", sagte er: ‚Der größte Skandal der Philosophie ist, dass während die Welt um uns herum zugrunde geht, die Philosophen immer noch streiten, ob sie real sei.' Wenn ich etwas sehe, dann sehe ich das, und damit basta! Sonst könnten wir über gar nichts reden, verdammt noch mal! Alles wäre Schein und Trug."

„Aber interpretierst du das Gesehene auch richtig?", fragte Jurek. „Vielleicht hast du sogar schon Gott gesehen, den Allmächtigen, aber in deiner Verblendung als etwas Alltägliches gedeutet! Man kann viele Sachen ganz verkehrt interpretieren! Vor ein paar Jahren hatte ich eine Zeitlang ein komisches Kribbeln im Bauch. Ich dachte echt, dass ich Magenkrebs hätte. Jeden zweiten Tag lief ich zu einem anderen Doktor, aber keiner konnte etwas finden. Einmal stand ich zu Hause von der Kloschüssel auf, zog die Hose hoch, wollte abspülen, streifte mit einem flüchtigen Blick in die Schüssel meinen Wurf und hab' mir fast vor Schreck noch mal in die Hose geschissen. Die Scheiße in der Schüssel war weiß! Wie ein Flamingo! Oh Gott! Weiße Scheiße? Ich hab's gewusst!

Leberkrebs! Was nun? Vielleicht würde meine Frau Bescheid wissen. Ich holte aus der Küche einen Suppenlöffel, löffelte den Zapfen aus der Kloschüssel und bettete ihn in eine Seifenschale. Meine Frau hat schon geschlafen, aber weiße Scheiße ist wohl wichtiger als Schlaf. Ich laufe also ins Schlafzimmer, mache das Licht an und schreie: „Steh auf! Meine Scheiße ist weiß!"
Meine Frau fährt aus dem Bett, als ob ich sie unsittlich berührt hätte. „Was ist passiert?", fragt sie.
„Was passiert ist? Schau! Weiße Scheiße! Habe Leberkrebs oder so was. Ruf den Notarzt!" Ich halte ihr die Seifenschale mit dem weißen Zapfen unter die Nase.
Leider begreifen Frauen manchmal nicht den Ernst der Lage. „Bist du jetzt ganz irre geworden!", kreischt sie. „Nach zwei Stunden Herumwälzen bin ich endlich eingeschlafen, und dann weckst du mich mit deinem Mist. Was soll das? Scheiße in Weiß! Warte halt bis sie wieder braun wird. Ich muss in der Früh in die Arbeit!"
Doch ich ließ mich nicht so leicht abwimmeln. „Mensch! Verstehst du's denn nicht? Ich kann in den nächsten Sekunden sterben. Das ist doch nicht normal, so ein weißer Kloß! Das muss was Schreckliches sein! Im letzten Stadium! Was denkst du? Dass Scheiße ein Chamäleon ist und mir nichts dir nichts die Farbe wechselt? Ruf den Notarzt!"
„Du warst doch heute schon beim Arzt!", kreischte meine Frau. „Du bist jeden Tag beim Arzt, du Hypochonder, du!"
„Na, hör mal!", sagte ich. „Heute war ich gar nicht beim Arzt. Heute war ich bei einem Röntgenologen. Man hat mir die Harnwege geröntgt ..." Und da ist es mir eingefallen. Mann! Ich hab' doch vor dem Röntgen die weiße Kontrastflüssigkeit trinken müssen. Ach so ... deswegen war meine Scheiße weiß geworden! Nicht wegen Leberkrebs! Nur weiße Kontrastflüssigkeit! Also ihr seht,

meine Herren: ich habe etwas gesehen, aber an etwas anderes geglaubt, als das Gesehene eigentlich darstellte. So ist es mit dem Glauben nun mal. Gott gibt es, Alfons! Du siehst ihn einfach nur nicht, weil du ihn nicht sehen willst!"

Alfons drückte seine Zigarette im Aschenbecher aus. In Tschechien ist die Demokratie noch nicht so weit fortgeschritten wie in Deutschland, dort muss man in den Kneipen noch rauchen. „Du meinst, ich sehe ein Stück Scheiße", sagte er, „aber das ist dann keine Scheiße, das ist Gott? Hast du also mittels weißer Scheiße bewiesen, dass Gott existiert, oder was? Ein neuer ontologischer Gottesbeweis? Weil's weiße Scheiße gibt, muss es auch Gott geben. Vielleicht solltest du deinen Scheißbeweis dem Papst zukommen lassen, und wenn du stirbst, wird man dich zum Heiligen erklären. Der Heilige Jurek, der bewiesen hat, dass in jeder Scheiße Gott steckt! Die anderen ontologischen Beweise sind ja auch nicht viel besser. Nur bleibt fraglich, ob deine Frau deine Heiligkeit anerkennt. Sie sieht in dir ja keinen Heiligen sondern einen versoffenen Hypochonder katholischer Prägung, der hin und wieder weiße Eier legt. Weil Frauen praktisch veranlagt sind, glauben sie nun mal, was sie sehen. Es spricht ja immer noch nichts dagegen."
Und darauf stießen wir auch an.

Arschfick in der russischen Botschaft

1968 marschierte die sowjetische Armee in die sozialistische Tschechoslowakei ein. Der kurze Prager Frühling ging nahtlos in einen langen Winter über. Die Tschechen waren wieder mal unterjocht, doch jeder tschechische Mann träumte weiter seinen Traum vom Heldentum – es mal einer vollblütigen Russin so richtig besorgen, der Okkupantin zeigen, was für ein Mann und Held doch der Tscheche sei. Die Tschechen, als Angehörige eines kleinen Volkes, lieben nun mal das Heldentum der symbolischen Art.

Die russische Hegemonie über die Tschechen setzte sich für mich auch in Deutschland fort – jetzt auf dem Felde der Literatur. Mitte der 90er schlug mich Wladimir Kaminer beim Kampf um den besseren Akzent k. o. Und an diesem Russentrauma leidend bekam ich im letzten Herbst von der russischen Botschaft einen Brief. „Sehr geehrter Genosse Konecny", stand im Brief, „als einen großen Freund der Menschheit und einen Berufstschechen von Gottes Gnaden möchten wir sie bitten, bei unserer gesamtslawischen Feier zu Ehren des Heiligen Wladimir im Gebäude unserer Botschaft einige slawophile Geschichten vorzutragen." Ich sagte gleich zu. In der Höhle des Löwen würde ich endlich meine Angst vor den Russen heilen – eine kleine Verhaltenstherapie sozusagen – mach das, was dich krank macht!

An dem feierlichen Abend trug ich einige sozialkritische Geschichten vor, wie *Ficken ist schön* und *Fifi poppt den Elch,* um den Russen zu zeigen, wie bei den Tschechen der Hase läuft. Nachdem man mir die russische Ehrenstaatsbürgerschaft verliehen hatte, stürmten wir den reichen Buffettisch mit Kaviar und Wodka der Marke Aurora –

heute würde wohl scharf geschossen. Und diese Vermutung sollte sich bewahrheiten. „Ich bin auch Dichterin!", sagte mir eine Frau mit starkem russischem Akzent und reichte mir ein Gläschen Aurora! Und Mann, oh Mann! Diese Frau könnte ganz allein das Winterpalais stürmen: Eine Rassenrussin wie von Russ Meyer, die Chefin der Satansweiber von Tittengrad, eine scharfe russische Granate, die sogar Friedrich Nietzsche das Fürchten lehren würde … nur die Gummistiefel fehlten ihr. Wahrhaftig! Bei diesem russischen Sexsubjekt könnte jeder Tscheche seine Komplexe heilen.

„Ich bin ein großer Freund sowjetischer Lyrik!", sagte ich nach dem fünften Schnapsglas. Und gleich rezitierte ich alles, was ich unter der Aufsicht sowjetischer Panzer in der Schule hatte auswendig lernen müssen:

„Eto bylo v maje na razsvjetje,
narastal u stjen raichstaga boj,
djevotschku njemjeckuju zamjetil
nasch saldat pad pylnoj mastavoj!

Der sowjetische Kitsch darüber, wie ein sowjetischer Soldat beim Sturm des Reichstags ein deutsches Mädchen rettet, ließ die Augen der Dichterin aufleuchten, unter der Wucht der sowjetischen Lyrik schmolz sie wie das Eis um die Kaviarschüssel. „Du hast die Poesie im Blut!", sagte sie, steuerte den Buffettisch an, schiss aber auf den Kaviar und kehrte mit einer ganzen Flasche Aurora zurück.

Zwei Stunden später hockten wir einen Stock tiefer, in einer Wohnung der sowjetischen Botschaft, auf dem Bett. Leider kannte ich keine russischen Gedichte mehr. „Soll ich dich massieren?", fragte ich.

„Charascho!", sagte sie, schlüpfte aus ihren Kleidern und

legte sich bäuchlings aufs Bett. Ich kniete mich über ihre herrlichen Beine, vor mir türmte sich ihr nackter Arsch, der das halbe Bett ausfüllte. Hegemonie pur! Angesichts dieses Ausblicks fühlte ich mich wie Moses am Berg Sinai, als er von Gott die zehn Gebote erhalten hatte und Gott ihm dann sagte: „Du musst dich selbstverständlich nicht dran halten, du bist ja der Prophet!“ Ich beugte mich über ihren prachtvollen Hintern und fing an, ihre Schultern zu massieren. Sehr langsam knetete ich mich zurück zu ihrem Arsch durch. Doch plötzlich wirbelte sie herum. „Erotische Massage auch, charascho?“

Ich hockte weiter auf ihren Beinen, doch das Panaroma prägten jetzt ihre Brüste, gewaltiger als die Türme der Frauenkirche. Ich hielt inne. „Schto ty dumajesch, maltschik?“, fragte Natascha.

„Ach!“, sagte ich. „Grade ist mir die Phallussymbolik bei den Kirchentürmen in den Sinn gekommen. Was wollte der Architekt aber mit den zwei Türmen der Münchner Frauenkirche ausdrücken, verdammt noch mal?“

„Zeige mir deinen Turm!“, rief die Russin. Ich schlüpfte aus meiner Jeans. „Ein schönes Pferdchen!“, sagte sie, doch es klang irgendwie skeptisch. „Na ja“, seufzte sie. „Besser ein Spatz in der Hand …“

„Klein und wacker baut den Acker!“, sagte ich. Ach, Quatsch. Das hab’ ich mir jetzt ausgedacht. Aber der Spruch wäre ganz cool, oder? Zur Sicherheit stürzte ich mich zuerst mit meinen anderen Gliedern auf sie.

„Schto ty djelajesch u mjenja!“, rief sie und begann vor Lust zu jauchzen und zu wimmern.

Das ist der tschechische Gambit, du Okkupantin, du! Irgendwann kam aber dann doch der Augenblick der Wahrheit, in dem ich in die geheimnisvollen Tiefen eintauchen musste. Klar bin ich schon der Komplexe meiner Jugendjahre ledig und denke nicht mehr, dass ich mich der Kamasutrakatalogisierung der Geschlechtsteile nach als den Hasen bezeichnen müsste, doch zum Hengst fehlt mir auch ein gutes Stück. Natascha dagegen war eine Elefantenkuh! Der russische Bär verschlang meine tschechische Fahnenstange wie eine kleine Bifiwurst, sogar die flatternde tschechische Fahne daran hätte hineingepasst. Scheiße! Warum hab' ich mich nicht an die Empfehlungen des Kamasutras gehalten. Zu einer Elefantenkuh gehörte der Hengst, verdammt! Abmarsch in dein Gehege, du Idiot! Ich fühlte mich in Natascha wie ein Gummiboot in den Weiten des Ozeans. Diese Seeschlacht war nicht zu gewinnen. Ich musste mir was anderes überlegen, bevor sie mich wieder in die Kälte schickte – nach Sibirien. Auf der Suche nach ihrem G-Punkt bin ich mit dem Zeigefinger schließlich in ihrem Arschloch gelandet.

„Da, da!", brüllte sie. „Ja! Dort rein. Dort ist es für dich eng genug!" He? Hin und wieder hab' ich schon von Frauen gehört, die dir auch diese Freude gönnen, aber im Allgemeinen dachte ich, der Arschfick ist ein Mythos der Pornofilmindustrie. Wer einmal ein Klistier verpasst bekommen hat, weiß ja, dass das mit Genuss nicht viel zu tun hat. Hätte ich früher mal Karin vorgeschlagen, sie in den Arsch zu ficken, hätte sie mir wohl, statt mit mir zu vögeln, hundert Liegestütze aufgebrummt. Natascha haute sich aber auf alle Viere, steckte mir ihren gewaltigen Po entgegen und mein Widerstand brach zusammen. Ich nahm einen kräftigen Schluck Aurora und fuhr meine Kanone furchtlos ins obere Spundloch rein. Zur Begrüßung ließ sie einen fahren, so dass mich der Sturmwind aus der Taiga fast von ihr wegfegte. „Oj, oj, oj!", rief sie. „Vsjo charascho?"

„Charascho!", brüllte ich. Mann! Jetzt schwamm ich nicht mehr! Jetzt füllte ich die ganze Grotte aus und

fühlte mich wieder mächtig wie ein richtiger tschechischer Held. Wir nahmen noch einen Schluck Aurora, und dann stürmte ich das Winterpalais! Wir brüllten dabei, wir donnerten! „Sag mir ein Gedicht!“, kreischte sie in die Kanonade hinein.
Was? Ich schreibe nur lustige Geschichten. Sollte ich vortragen, wie mein Freund Pepino aus dem 9. Stock einen Hamster mit einem Fallschirm runterspringen ließ? Ob aber ein Hamster am Fallschirm zu einem Arschfick die passende Metapher liefern konnte? Zum Glück fing sie selbst an, ihre Gedichte zu performen. Ich schwenkte also die Hüften, meine Hand an ihrer Möse, und sie schmetterte mir existentionelle Lyrik entgegen. Irgendwann in der Früh, ungefähr nach der zehnten Nummer, schlossen wir den Staatsakt mit der alten sowjetischen Hymne ab: „Sajuz njeruschimy, rjespublik svabodnych …“ Mann, oh Mann! Heute Nacht hab ich als ein richtiger tschechischer Held durch eine überaus symbolische Tat die Schande unseres so lange unterjochten Volkes wettgemacht. Dafür müsste mir die tschechische Regierung den heiß begehrten Staatsorden des Weißen Löwen verleihen! Die meisten tschechischen Helden haben ihn doch für viel weniger gekriegt als für diese grandiose Symbolik – eine mächtige Okkupantin direkt in den Räumen ihres Generalstabs in den Arsch gefickt zu haben. Mann! War ich euphorisch!
Ich hielt Natascha umarmt. Derb schön! „Weißt du!“, sagte ich. „Du bist so eine tolle Frau, dass es mir irgendwie leid tut, dich für eine symbolische Tat zu missbrauchen. Als Dichterin verstehst du mich aber … oder? Ein Tscheche, eine Russin, der Arschfick …“
„Das verstehe ich schon“, sagte Natascha. „Leider bin ich keine Russin. Ich komme aus der Ukraine. Und wir Ukrainer waren von den Russen noch mehr unterjocht als

die Tschechen. Weißt du, mir macht der Arschfick auch
nicht so viel Spaß, aber ich wollte halt nicht, dass du mir
davonschwimmst!"
Zum Glück bekam ich dann doch etwas Respekt gezollt.
Als Tscheche meine ich. Natascha und ich hatten vergessen, die Fenster zuzumachen. Als ich am nächsten Tag
dem Hausmeister der russischen Botschaft den Woh-
nungsschlüssel abgeben wollte, guckte er mich echt be-
wundernd an. „Balschij Gjeroj s Pragi!", sagte er. „Großer
Held aus Prag! So ein Erdbeben haben wir noch nie gehabt! Und hier haben schon Breschnjew, Gorbatschow
und Putin geschlafen! Genosse! Das war, als ob Materie
auf Antimaterie getroffen wäre." Ich latschte zum Zug
und dachte an Natascha. Wohl war's eher so, als ob David
und Goliath sich begegnet und sich dabei auch noch prima
verstanden hätten. Sei's drum! Eins wusste ich jetzt endgültig: Das Kamasutra lügt!

Omas Hahn am Tag der Arbeit

Auch im Urlaub auf einem Dorf in Mähren musst du erfahren, dass wir längst unsere alte Welt für die neue virtuelle ausgetauscht haben. „Mein dreijähriger Sohn Adam, das Stadtkind, flitzte aus dem Hühnerstall, hielt ein Ei hoch und brüllte: „Papa, die Eier macht man nicht in der Fabrik!"
„Nein!", sagte ich. „Die werden von den Hennen gelegt!"
„Von der da?", fragte Adam und zeigte auf den Hahn, der auf dem Misthaufen herumstolzierte.
„Nein! Das ist der Hahn! Der legt keine Eier!"
„Und was macht der Hahn?", fragte Adam. Tja! Was macht eigentlich der Hahn? Ich ging in die Felder hinter den Häusern, kletterte auf einen Strohschober und dachte an die alten Zeiten im sozialistischen Mähren. Als noch allen Kindern auf der Welt klar war, wozu der Hahn gut ist.
Omas Hahn war ein Prachtexemplar der Gattung Mann. Wenn seine zwanzig Hennen müde waren, poppte er die Enten. Vor allem stand er aber auf blonde Hennen. Wegen einer Blonden würde Omas Hahn über einen zwei Meter hohen Zaun klettern. Deswegen durften Omas Hennen alle möglichen Farben tragen nur nicht weiß. „Ein guter Hahn kräht überall!", sagte Oma. Und so bestieg Omas Hahn alles! Einmal sogar einen Schäferhund, der in unserem Hof Beute machen wollte. Omas Hahn sprang dem Schäferhund auf den Rücken und wollte ihn poppen. Die Hundebestie bellte beschämt und lief davon.
Am 1. Mai, am Tag der Arbeit, wachten wir Kinder statt in Mähren im roten Himmel der Kommunisten auf, in einer Galaxis aus fünfzackigen Sternen. Hammer und Sichel überall, große Poster mit Marx-, Engels- und Lenin-

porträts, rote Nelken in Knopflöchern billiger Festanzüge: der Tag der Arbeit als Fest der Phrasen, Parolen und Spruchbänder: *Mit der sozialistischen Arbeit in die strahlende Zukunft.*

Meine Oma war zu alt, um an dem feierlichen Umzug teilnehmen zu müssen, ich zu jung. Mit anderen Rentnern und Kindern winkten wir mit unseren bunten Winkelementen, Holzstielen mit Papierstreifchen daran, den vorbeiziehenden Helden der Arbeit zu! Nur ein Stück weiter, auf der Tribüne, winkten die Parteibonzen im Roboterrhythmus der Revolutionsmärsche. Gleich würden sie ihre Arbeitsfestreden schwingen. „Keiner von denen hat je gearbeitet!", sagte Oma zu einer Nachbarin.

Als letzter Teil des Umzugs tauchte ein allegorischer Wagen unserer Kolchose auf. Drum herum alle Genossenschaftsbauern in gebügelter Arbeitskleidung. Mit einer Gipskuh auf dem Wagen, großen Milchkannen und ein paar Strohballen, auf deren Gipfel in einem großen Korb eine lebendige Henne hockte. Weiß strahlend wie die Friedenstauben, die jedes sozialistische Fest schmückten, ein Prachtstück von einer Henne, eine Hennenfunktionärin!

Hinter unserem Rücken krähte es plötzlich, ich drehte mich um und sah, wie Omas Hahn versuchte, über den Hofzaun zu klettern. Auch Oma warf einen Blick hin, drückte mir aber nur die Hand und guckte wieder dem Umzug zu, der gerade vor der Tribüne zum Stehen kam. Und dort holte Omas Hahn den allegorischen Wagen der Kolchose mit seiner blonden Traumfrau auch ein. Gerade wollte der Vorsitzende der kommunistischen Partei den Redemarathon feierlich eröffnen, als Omas Hahn das Wort übernahm. Er krähte aufgeregt, hüpfte auf den Wagen und die Strohballen, sprang auf die weiße Henne, und schon poppte er sie! Ach, was! Der Hahn rammelte die Henne, das Symbol der sozialistischen Landwirtschaft, bis ihre weißen Federn flogen. Die Blaskapelle hörte auf zu spielen, das arbeitende Volk johlte und spornte Omas Hahn an. Nur die kommunistischen Funktionäre guckten mit versteinerten Mienen zu, wie ein geiler Hahn das Fest der Arbeit zugrunde poppte und ihnen damit einen Spiegel vorhielt. Zum Schluss hüpfte der Hahn von der Henne runter, schmetterte ein siegestrunkenes Kikeriki und jagte zu Omas Hof, um sich dort ein Schläfchen zu gönnen. Durch dieses glorreiche Beispiel angespornt, stürmte das Volk, die Helden der Arbeit, die Dorfkneipen und ließ die verdutzten Bonzen auf der Tribüne allein stehen.

Am nächsten Tag besuchten der Parteivorsitzende und der Direktor der Kolchose meine Oma. „Eine Sabotage war das!", brüllte der Vorsitzende. Der Hahn müsse geschlachtet oder zumindest für immer eingesperrt werden, damit er sich nicht mehr über unseren Sozialismus lustig machen könne.

„Wenn du den Hahn einsperrst, geht die Sonne doch auf!", sagte Oma, als könnte sie in die Zukunft blicken, und begleitete die Genossen von ihrem Hof.

Nun lebe ich im postmodernen Kapitalismus, in München, weit und breit kein Hahn, der den Männern auf den hiesigen Tribünen ihre Eitelkeiten verleiden und sie an ihre wahre Natur erinnern könnte. Sicher passt es den macht- und geldgierigen Säcken, dass wir jetzt Chimären in unseren schönen neuen virtuellen Welten nachjagen, nachdem die Versprechung des Himmels ausgedient hat. Statt sich mit Hühnern aus Fleisch und Blut zu beschäftigen, ballern unsere Kinder virtuelle Hühner ab, die *cosmic chicken invaders* heißen. Ob uns die *cosmic chicken* aber den geilen Hahn auf dem stinkenden Misthaufen auf die Dauer zu ersetzen vermögen, wage ich zu bezweifeln.

Nachwort von Moses Wolff:

Hinter den Kulissen

Jeden Sonntag präsentieren wir drei Stammautoren (Jaromir Konecny, Michi Sailer und ich) die Lesebühne "Schwabinger Schaumschläger Show". Die Zuschauer mögen die familiäre Atmosphäre und unsere spontan wirkende Art. Hinter den Kulissen aber sieht es ganz anders aus. Vor der Show gibt es jedesmal einige Dinge, die dringend geklärt und ausdiskutiert werden müssen. Zumindest nach der Meinung unseres lieben Freundes Jaromir.

Jaromir: Wie wollen wir heute die Reihenfolge festlegen? Ist das okay, wenn Michi anfängt, dann macht Frank, Ludwig, Mosäs, dann Bumillo, weil der ist ein Abräumer halt und dann vor der Pausä und nach der Pausä mach ich halt.
Michi: Ja, is schon okay.
Moses: Freile, von mir aus.
Jaromir: Odär willst Du lieber anfangän nach der Pause Mosäs?
Moses: Naa, total okay für mich.
Jaromir: Ja, weißt Du, ich kenn das, wenn man immer in der Miette is, dann is das auch beschissen, weißt Du. Also wenn Du lieber vor der Pause und nach der Pause...
Moses: Du, ehrlich, Jaromir, des macht mir garnix.
Jaromir: Okay, aber Michi, Du? Ist das für Dich okay?
Michi: Ja, des passt scho. Klar.
Jaromir: Weil, ich will keinen übervorteilen oder be-nachteiligen. Ich hab es oft erläbt, dass Leute sagen, ja, nein, ist okay und dann warn sie stocksauer, weißt Du.
Michi: Naa, also, brauchst Der nix denken, Jaromir, mir

macha des so, wie ausgmacht. Und vorher hol i mir noch a Bier.

Jaromir: Und dann, ja, wir missen noch mal wegen dem Song sprechen. Du sagst, die Leute wollen das nicht mehr hören, aber die sind begeistert.

Michi: Na ja.

Moses: Mei.

Jaromir: Ja ... was sagst du. Also ich finde, wirr sollten das so machen, weil in Berlin machen alle Lesebihnen ...

Michi: Mei, Berlin.

Moses: Ich mag den Song ja ganz gern.

Michi: Mir ist's eigentlich wurscht. Ich hol mir mal ein Bier. Vielleicht ändern wir ja mal den Text oder so.

Jaromir: Wieso den Text? Was ist mit dem Text?

Moses: Mei, den singen wir halt jetzt jede Woche, seit Jahren vielleicht mal ein anderes Lied oder so.

Jaromir: Aber die Leute wollen das Lied heren. In Berlin...

Michi: Na ja. Also wie gesagt, ich hol mir jetzt endlich das Bier.

Moses: Ui ja, bringst mir bitte eins mit?

Michi: Freile.

Moses: Fangen wir dann langsam an?

Jaromir: Nein, pinktlich um viertel nach. Es ist erst zähn nach.

Moses: Komm, is doch wurscht, lass uns anfangen, ha?

Jaromir: Nein, viertel nach. Wir haben immer um viertel nach Acht angefangen.

Michi (*kommt mit 2 Bier zurück, gibt Moses eins davon*): Des is doch SOWAS von wurscht, Jaromir.

Jaromir: Das hat auch neulich ein Stammgast gesagt, dass das gut ist, wenn man immer pinktlich anfängt.

Moses: Ja, wenn des ein STAMMGAST xagt hat...

Jaromir: Gut, dann fang ma an. Warum misst Ihr immer so einen Stress fabrizieren?

Etwa vor drei Jahren rief mich Till Hofmann, der Betreiber vom Münchner Lustspielhaus und der Lach- & Schießgesellschaft, an. Wir trafen uns im Café Ringelnatz. Till hat mir von der neu gegründeten Gaststätte Vereinsheim erzählt und dass Schwabing auch einen Tschechen aus Neuperlach brauche, um wieder zu leuchten. Mein alter Kumpel Moses Wolff und ich hatten kurz davor überlegt, in München eine Lesebühne zu starten. Till kannte Mosi und fand ihn unterschätzt, so entstand unsere allsonntägliche „Schwabinger Schaumschläger Show" im Vereinsheim. Kurz darauf stieß noch Michael Sailer dazu. Seitdem muss ich jede Woche eine neue Geschichte für die Schaumschläger schreiben und am Sonntag auf der Bühne im Vereinsheim den Schwabingern beibringen, wie man deutsche Umlaute richtig ausspricht! Der vorliegende Band ist das Ergebnis davon. Was aber sagt Till dazu?

Till Hofmann:

„Mir wurde der Migrant Jaromir Konecny von meinem ehemaligen Schuldirektor Rudi Segl empfohlen, einem Altphilologen und Feingeist, der schon mal zum leichten Weißbier greift. Bis zu diesem Zeitpunkt hatte ich nur die Vorstellung, dass Tschechen extrem versoffen sind und die Tschechinnen meistens blond gefärbt sind und deftig kochen. Aber schön.

Vaclav Havel vertraute mir anlässlich eines Themenabends *Theater ist überall* in einem Bordell in Pilsen folgende wahre Anekdote an: Der Kreis ist ein Schwellkörper und oft rund, die These, die von Konecny stets widerlegt worden ist, hätte zum Einmarsch der Russen in Prag 1968 geführt. Der Rest ist Geschichte.

‚Vaclav', sagte ich unter Tränen der Rührung und/oder weil es im Club Cherie brutal verraucht war. ‚Vaclav, mach Ihn zum Kultusminister, den Konecny!'

Da sagte er: ‚Hm. Lass mal kurz überlegen. Na ja. Warum eigentlich nicht.'

Aber Konecny hatte Größeres vor. Er wollte die poetischste Drecksau Europas werden. Das hat er geschafft. Konecny kann schreiben wie ein echter Autor, der verfickte Hufschmied. Lob und Preis seiner zarten hymnesken Lesart."

Mährische Rhapsodie
von Jaromir Konecny

Ich hockte im *Bohemie* mit ein paar Leuten. Mitten in die Unterhaltung platzte ein stark behaarter Typ rein, mit Kants *Kritik der reinen Vernunft* unterm Arm.

"Menschenskinder!" schrie er. "Ein UFO hat mich entführt! Ein UFO aus einer anderen Galaxis."

"Spinnst du, Pankácek?" sagte Šoustek. "Es gibt keine UFOs, sonst wären die schon längst in der Glotze gewesen."

"Das ist die höchste Geheimstufe, Mann!", brüllte der Typ. "Die Russen wollten mit den Außerirdischen Kontakt aufnehmen, über den ersten Kosmonauten Gagarin. Doch die Aliens haben Gagarin nicht mehr zurückgebracht. Ist doch klar: Sie konnten sich mit ihm nicht verständigen, weil er nur russisch konnte."

"He!.. So 'n Blödsinn! Und wie sprichst du mit ihnen?"

"Ich? Telepathisch doch! Wie willst du mit den Aliens sonst sprechen? Wenn du mir aber nicht glaubst, kann ich dich leicht überzeugen. Am Donnerstag wollen sie mich wieder besuchen. Wetten wir?" Pankácek wettete mit Šoustek um drei Flaschen Wodka, dass er am Donnerstag um 16 Uhr vor dem *Bohemie* mit einem UFO landen würde.

Am Donnerstag warteten vor der Kneipe an die zwanzig Leute. Um 16 Uhr erschien Pankácek mit drei Flaschen Wodka unterm Arm und ohne UFO. "Die dürfen sich hier nicht mehr blicken lassen", sagte er. "Gagarin ist ihnen entwischt. Und jetzt haben sie die Russen am Hals."

"Und warum stand nichts darüber in der Zeitung", fragte Šoustek, "dass die Russen Gagarin wieder gefunden haben."

"Die Russen mussten Gagarin killen, du Blödmann, weil er zu viel wusste."